私より強い男と結婚したいの

Watashi yori Tsuyoi otoko to Kekkon Shitaino

清楚な美人生徒会長（実は元番長）の秘密を知る陰キャ（実は彼女を超える最強のヤンキー）

高橋びすい

イラスト：Nagu

キャラクター原案・漫画：水平線

「私は、白馬の王子様――つまり、私より強い男と結婚したいの」

「でも、どうしてヤンキーなんてやっていたんですか？」
「でも周りに強い男が全然いなくて……
それで中学のときに、
ヤンキーの世界に入ってみたんだ。
ヤンキーたちって強そうじゃない？
だから、私より強い男がいるかなーって、
思ったんだけど……」
雫花は頭を抱えた。
「みんな弱かった
私が番長になっちゃったの!!」
結局全員倒して、
お、おう……。
「みんなは私を崇めてたけど、
あんな貧弱な連中に好かれたって
全然嬉しくなかった！
こんなんじゃダメだって気づいた私は、
ヤンキーをやめて、真面目に勉強して、
日影高校に入ったの。いまじゃ黒歴史だよ」
まさか、「私より強い男を探しにいく」
という名言の意味が、
こんなだったなんて……。

焦った。
どうして秋良に対して、ときめくのか。
――いやいや、私が好きなのは強い男。
秋良くんは優しいし、いい子だけど、
強くはない。理想の男じゃないよ！
ドギマギする雫花を見て、
不思議そうな顔をする秋良。
その穏やかな表情が
また可愛く見えて、
雫花は視線を逸らす。
――あ？　え？　いま私、ときめいた？

「僕も雫花先輩と一緒にいると楽しいです」

――そうだ！　小暮秋良って、今の番長の名前だ！

「――おまえ、俺に
逆らおうなんて、
いい度胸だな」
雫花は秋良の、
優しい笑顔を思い出す。
彼と、現在最強と謳われる
〝番長〟を結びつけるのは難しい。
――でも、今は……すごく、
カッコいい……!!
心臓が早鐘を打って
頬が上気し、いた。
このまま秋良のことを
見続けていたら死んでしまうのでは
ないかと心配になったが、
見つめるのをやめられなかった。
カッコいい……!
カッコよすぎる……!!

もくじ

I N D E X

私より強い男と結婚したいの

清楚な美人生徒会長（実は元番長）の秘密を知る陰キャ
（実は彼女を超える最強のヤンキー）

高橋びすい

ファンタジア文庫

3184

口絵・本文イラスト　Nagu
キャラクター原案・漫画　水平線

私より強い男と結婚したいの
Watashi yori Tsuyoi otoko to Kekkon Shitaino

第1話　私より強い男と結婚したいの

1

「入学生の皆さん！　日影《ひかげ》高校へようこそ！」

その日、小暮《こぐれ》秋良《あきら》は、高校生になった。

新しくできた同級生たちとともに、体育館に集められ参加した入学式――。

壇上で演説しているのは、本校の生徒会長らしい。

艶《つや》やかな長い髪、目鼻立ちのくっきりした、整った相貌、制服を着ていてもわかる女性らしいシルエット――。

凛《りん》とした美しい声が、体育館の空気を震わせている。

彼女の演説を聞きながら、秋良は思った。

――僕の高校生活、始まった！

新生活。

期待に胸を高鳴らせ、まっすぐ壇上を見上げる秋良。

中学時代は、正直、パッとしなかった。友達はゼロ人。部活にも入らず、ただ学校と家とを往復する日々……。

そんな暗黒の学校生活とは、今日でサヨナラだ。

高校では、学生生活をエンジョイする！

「私たち在校生は、皆さん新入生を歓迎します！　皆さんの高校生活に、幸あらんことを！」

――僕の高校生活に、幸あらんことを！

心の中で美人の生徒会長の言葉を復唱した。

＊

一か月後――。

ゴールデンウィーク明けの教室に、朝、秋良は足を踏み入れた。

「おはよう」

と、自分としてはけっこう元気よく挨拶をした。

だが、誰からも返事がない。秋良の存在に、皆、気づいていない感じだった。あまりにも影が薄すぎるのだ。

秋良は、悲しみに暮れながら、自分の席につく。

一番後ろの窓際《まどぎわ》である。教室の隅っこに追いやられている感じがして、秋良はあまりこの席を気に入っていなかった。

クラスを一望できるのもあまりよくない気がした。

クラスメイトたちは、久しぶりに会う仲間と「休み中何してた？」と話をして盛り上がっている。休み中に会ったと思《おぼ》しき者たちは、その思い出を語り合っている。秋良は、そのどちらの輪にも入ることができない。そもそも話しかけることすら叶《かな》わない。

秋良は見事にボッチ街道を爆走していた。

――どうしてこうなっちゃったんだろう……。

自然と、ため息が漏れる。

間違ってはいなかったはずなのだ。

ちゃんと入学式の日、朝から学校に来たし、入学式にも出席したし、自己紹介もした。

それなのに、友達ができなかった。そもそも連絡先すら誰とも交換できていない。

もちろん、努力はした。入学して一週間が経《た》ったあたりで、意を決して、自分からクラスメイトに話しかけにいってみた。

だが、

「え？　誰？」

みたいな感じで戸惑いの視線を送られただけだった。クラスメイトに顔を覚えられていなかったのだ。

秋良の受けた衝撃は大きかった。

いや、同じクラスメイトだよ？　顔くらい、わかるでしょ？

しかし、クラスメイトを責めることはできない。

秋良は致命的に影が薄かったからだ。

ひょろりとした細身で、やや猫背気味の背中。髪はもっさりとしており、前髪で少し目元が隠れている。

眼鏡をかけた顔は、カッコよくはないが、かといってブサイクというわけでもない。

普通の、どこにでもいる、ちょっと陰キャっぽい少年である。

人間がものを見るとき、自然と重要な情報と無用な情報を取捨選択する。重要な情報とは、危険なものだったり、自分に利益のあるものだったりする。

たとえば教室の中に突如、巨大な蛇が出現したら、誰だってその存在を認識するだろう。

あまりにも危険すぎるから。

あるいは、隣の席に美少女が突然座ってきて、意味ありげな視線を送ってきたら、健全な男子高校生だったら気になって仕方ないはずだ。僕のこと、好きかも？　もしかして、付き合えるかも……まさに馬の鼻先にぶら下げられた人参《にんじん》である。

秋良はそのどちらでもない。圧倒的に印象に残らない存在である。

高校入学直後、生徒たちは皆、新しい情報を頭にインプットするのに必死だ。クラス内でのカーストは一週間もあれば決まってしまう。そうなると、カースト上位の人間が誰なのかを見極め、彼らに関する情報を自然と頭に入れていく。

同時に、妙に難しくなった日々の授業や、新しく始めた部活動、あるいはアルバイトなどをこなさなければならない。

中学時代とは比べ物にならないほど、高校生が処理しなければいけない情報は多いのだ。

そんな状況下で、秋良のようなどうでもいい存在に、いちいち気を配っている暇はない。

そういうわけで、話しかけられた側は、

「え？　誰？」

という反応になってしまうのである。

——チャイムが鳴り、担任が入ってきて、ホームルームが始まった。

ほとんど連絡事項とも言えないものを担任が述べて、終了。クラスメイトたちがガヤガヤと移動教室の準備を始める。

一時間目は生物。生物室まで移動しなければならない。秋良は一人、教室を出た。前を、クラスメイト数名が歩いている。雑談をしながら。

羨ましかった。僕も、友達と一緒に廊下を歩いてみたい。そんなささやかな望みを持ってしまうのが悲しい。

暗い気持ちになって、うつむき気味に歩いていると、すれ違った生徒と肩がぶつかってしまった。

「わっ」

秋良は教科書とノートを床に落としてしまう。それでも、自分が悪いと思ったので、

「すみません」

と謝ったが、すでに相手は秋良から離れた場所にいた。

楽しげな談笑が、その背中から聞こえてくる。

ぶつかったにもかかわらず、どうやら相手は秋良の存在に気づいていないようだった。

みじめな気分になりつつ、教科書とノートを拾うために、地べたを這《は》いずった。

もう慣れた。

諦めよう。

僕の高校生活、きっとずっとボッチなんだ……。

「大丈夫？」

「え……？」

顔を上げると、目に飛び込んできたのは、綺麗《きれい》な顔だった。

まるで精巧につくられた人形のように整った顔立ち。けれど決して無機質なわけではなく、優しい微笑には慈愛の心が宿っているように見えた。

次に見えたのは、艶やかな長い髪。きらきらと光の粒が流れているように錯覚するくらい、美しい髪だった。

ここまで来てやっと秋良は、一人の少女が心配げに、秋良を見下ろしていることに気づいた。

彼女は秋良と同じようにかがんで、教科書とノートを拾い、秋良に手渡してくれる。

「はい。次からは落とさないようにね」

「あ、ありがとうございます！」

秋良が受け取ると、彼女はにっこり笑った。

秋良は立ち上がるのも忘れて、ぼーっとその笑顔に見入ってしまう。

彼女はそんな秋良に構わず、去っていった。

少女の名前を秋良は知っていた。この日影高校に通う生徒で、彼女を知らない人はいない。

彼女は高崎雫花《たかさきしずか》。二年生。日影高校の生徒会長である。

ご覧の通り、容姿端麗。昨年のミスコンでは、人気投票で第一位を獲得している。見た目が麗《うるわ》しいだけではなく、成績も常に学年一位をキープ。運動神経も抜群で、昨年の体育祭ではリレーのアンカーを務めていた。運動部からの熱烈なオファーがあったものの、特に所属はしていない。ただ、昨年の新人戦で、助《すけ》っ人《と》としてバレーボール部に急遽《きゅうきょ》参加したときは大活躍し、日影高校の県ベスト8に貢献したという。

そんなスーパースペックの生徒会長だが、人間的にも非常にできた人で、秋良のようなボッチにも分け隔てなく、手を差し伸べてくれる。

「雫花先輩……」

思わず秋良は、雫花の名前をつぶやいてしまう。

秋良が雫花と話すのは、これで三回目だ。

一回目は、入学式の日。校門の前で雫花は、新入生案内用のプレートを持って立っていた。一人校門をくぐろうとした秋良に、「おはようございます」と笑顔で言ってくれた。

二回目は、秋良《あきら》が移動教室の際に迷子になっていたときに、偶然廊下で会い、家庭科室の場所を教えてくれた。迷っている様子だった秋良に、向こうから声をかけてくれたのだ。

そして今回が三回目、というわけである。

——冷静に考えると、どれも会話と呼んでいい代物ではないが、今の秋良にそんな余裕はない。

「雫花先輩、いい人だな……」

完全に追い詰められた陰キャボッチを一撃で落とすくらいの破壊力を持った笑顔だった。

でも秋良は思う。

きっと雫花先輩は、誰にだって優しいんだ、と。僕みたいな存在にすら手を差し伸べてくれる、女神みたいな人なんだ、と。

女神とはつまり、雲の上の存在。

ただ、遠くから眺めているだけで幸せだ。

女神がときどき目をかけてくれる喜びを噛《か》みしめて、残りの高校生活を送ろう、と秋良は思ったのだった。

2

一人ぼっちで寂しいことを除けば、さして感情の動かない一日が終わり、秋良は通学路を家に向かって歩いていた。

秋良の家は日影《ひかげ》市内にあり、日影高校は徒歩圏内である。

まっすぐ家に帰ってもいいが、家には誰もいない。親が仕事で世界中を転々としており、秋良はほとんど一人暮らし状態だった。わざわざ早く帰っても仕方がない。

——本屋さんにでも寄ってから帰ろうかなぁ。

ぼんやりそう思い、日影《ひかげ》駅前のほうに足を運ぶことにする。特に今日は、雫花と会話できて楽しかったから、ちょっとテンションが高かった。高いテンションのまま街に繰り出すところは、秋良だって普通の若者である。

その雫花を、秋良は、自分の向かう先に見つけた。

見間違いかと思った。

けれど本物だった。

雫花は、道の角で、二人の男と立ち話をしている。

男二人はガラの悪い、不良っぽいやつらだった。十代後半くらい……高校生か大学生といったところ。黒のジャージに身を包んでいる。

——佐曽利《さそり》工業高校のジャージだな、あれ。

佐曽利工業高校は、日影市の港湾部のほうに位置する高校だ。かなり荒れていて、ヤンキーチームに所属する生徒たちも多い。

そんな彼らと、品行方正な雫花が知り合いとは思えなかった。

ナンパだろうか。

雫花は怯《おび》えている様子はなく、つまらなそうな顔で、男たちを見上げている。ただ、いつもの優しい微笑がないところを見るに、あんまりいい気分ではないようだ。

雫花は男二人に連れられるようにして、歩き出した。男二人は、雫花を両脇から挟んで歩いている。逃がさない、とでも言いたげだった。

——大丈夫かな、雫花先輩……。

心配になった秋良は、跡をつけ始めた。三人が秋良に気づく様子はない。持ち前の影の薄さが功を奏していた。存在感のないボッチという属性が唯一光るのは、尾行をしているときである。

男二人は、雫花を、人気《ひとけ》のない公園に連れていった。

秋良は滑り台の陰に隠れ、三人の様子を見守る。飛び出していって、雫花を助けたいという衝動に駆られるが、いったん、待っておく。彼らがただの友達どうし、という可能性もゼロではない。

何もなければ、声をかけずに帰ろう。

だが、遊具の陰から、男が四人、現れた。彼らもまた黒ジャージ姿で、ヤンキー然としていた。

「本当に一人で来るとはな、サイレント・ライオット。噂《うわさ》通りの甘ちゃんらしい」

黒ジャージ男の一人が、あざ笑うように言った。

「そっちは大人数。噂通りのクズ野郎たちみたいね」

だが雫花はこの状況で怖気《おじけ》づく様子もなく、男たちを挑戦的に見返した。

「私に何の用？　こう見えても、けっこう忙しいから、さっさと済ませてくれる？」

「繁《しげる》さんが番長を倒すための仲間を集めてるんだ。おまえを右腕にしたい、と言っている。協力しろ」

秋良は眉をひそめる。

――番長？　倒す？　ヤンキーのやつら、抗争でも始めるつもりなのか？

ここ日影市には一つの特徴がある。

それは、他の地域に比べて、ヤンキーたちの力が強いことだ。現在、日影市には、四つのヤンキーグループが存在する。四つは現在、一人の番長の下につく形で、均衡を保っている。

仮に、ヤンキーたちが番長を倒した場合、均衡は崩れ、日影市は抗争状態に陥るだろう。

──しかし、あの繁が出てくるとは。やつら、本気だな。

秋良は腕を組む。

今、話題に上がったのは、川村《かわむら》繁という男だろう。日影市のヤンキーグループの一つ、シルバー・スコーピオンの四天王の一人。〝佐曽利工業の持国天〟の異名を持つヤンキーだ。並みのヤンキーだったら睨《にら》まれただけで逃げ出してしまうような男だ。

「繁？　誰、それ？」

雫花は眉をひそめながら、訊《き》く。彼女は知らなかったらしい。

「おまえ、繁さんを知らないのか？　元ヤンのくせに？」

「悪いけど、ヤンキーの情報は、二年前で止まってるの。へぇ、そんな強い人が私を右腕に？」

「光栄だろう？　協力してくれるな？」

「嫌だ、って言ったら？」

「力ずくで連れていくまでだ。おい、おまえら！」

ヤンキーたちが一斉に、雫花を囲んだ。

――マズい！　助けないと！

秋良は思わず、物陰から飛び出そうとした。

が、その必要はなかった。


秋良が飛び出す前に、一人のヤンキーが、宙を舞っていたからだ。


彼自身が、地面を蹴り、跳んだのではない。

雫花の振り上げた足が腹にヒットしたのだ。

まるでボールのように蹴り上げられた彼は、ふわりと浮き上がり、そして地面にたたきつけられた。

雫花は止まらなかった。

一人には肘を、一人には拳を、三人目には再び蹴りをお見舞いする。

その間に背後から襲い掛かってきた者がパンチを繰り出したが、軽く体をかがめてかわすと、そのまま腕を摑《つか》んで地面にたたきつけた。その男を踏みつけ、意識を奪う。同時に高く跳躍し、口をあけて呆然《ぼうぜん》としているヤンキーの頭にかかと落とし。

瞬《またた》く間《ま》に、六人のヤンキーが地面に沈んでいた。

——一瞬で、全員を倒した⁉　雫花先輩って、こんなに強いの⁉　なんで⁉

「この程度の雑魚《ざこ》をよこしてくるなんて……私もずいぶん、ナメられたものね」

涼しい顔でパンパン、と手をはたいている雫花。ほとんど乱れていない髪に手櫛《てぐし》を入れ、整える。

「——で、そこにいるのは誰？」

「⁉」

——ば、バレた⁉

驚愕《きょうがく》する。自分の存在感のなさには絶対の自信を持っていた。尾行も完璧だったはずだ。少なくとも、ほかのヤンキーたちには、まったく気づかれている様子がなかった。

すごい、と純粋に思う。

観念して、秋良は姿を現した。

「あれ？　君は、うちの学校の生徒だよね？」

「覚えててくれたんですか？」

「だって何回か話したじゃない。ごめん、名前までは知らないけど……」

「一年の、小暮秋良です」

「秋良くん、ね。それで、見たよね？」

「はい、残念ながら」

次の瞬間、雫花は秋良の目の前に立っていた。

凄《すさ》まじいスピードだった。

雫花はさわやかな笑顔で、ガシッと秋良の肩を摑む。

「秋良くん。ちょっとお姉さんと、いいとこ行こうか？」

「いいとこ……？」

「だいじょーぶだいじょーぶ。奢《おご》るから。ぜーんぜん、怖いとこじゃないし」

雫花の笑顔はとても綺麗《きれい》だったが、目は笑っていなかった。

そして、じわり、じわり、と肩を摑む力が強くなっていくのを、秋良は感じた。

「は、はい、喜んで」

ほかに選択肢はなかった。

3

秋良が連れていかれたのは、駅前のカラオケ店だった。

「密談するには、カラオケは安くて学生に優しいよね」

雫花はソファーに腰を下ろすと、テレビのBGMの音量を少しだけ下げた。

現在売り出し中らしい、アイドルグループへのインタビューの声が、ちょっと遠ざかる。

「さて、と……。今日見たこと、誰にも言わないって約束してね？　もし秘密を守ってくれなかったら、と——ってても痛い目に遭ってもらうから」

「は、はい、大丈夫です。大丈夫なんですけど……」

「何？」

ギロリ、と睨まれる。

美しい目は、鋭く細められるとかなり怖かった。

「あの、雫花先輩って、本当にサイレント・ライオットなんですか……？　ヤンキーたちが先輩を、そう呼んでいたような……」

「——それも聞こえちゃってたかぁ」

雫花は「あー」と嘆きながら天井を仰いだ。

――サイレント・ライオット。

この日影市に暮らす若者だったら、知らぬ者のない名前だ。

日影市のヤンキーたちは、長年、抗争を繰り返していたのだが、それがいつしかピタリと止《や》んだ。サイレント・ライオットと呼ばれる伝説の女ヤンキーが、すべてのチームのヘッドを倒し、天下統一を成し遂げたからだ。

しかも恐ろしいことに、彼女はそれを、たったの一年で成し遂げたのだ。

だが、ある日突然、彼女は姿を消してしまう。

最後に話をしたヤンキーによると、彼女は、

「私より強い男を探しにいく」


そう言い残し、立ち去ったと言う。

その言葉から、彼女が去った理由は明白だった。

日影市のヤンキーたちは、彼女によって制圧された。

日影市でテッペンを獲《と》った彼女は、まだ見ぬ強者と拳を交えるために、この市を去った

のだ。若者たちの間ではそのように理解されていた。

だが……。

「そうだよ。私がサイレント・ライオット」

目の前の少女は言った。

秋良《あきら》は信じられなかった。

——あの生徒会長の雫花先輩が⁉　ありえないよ！

しかし、あの人数のヤンキーを瞬殺できるほどの実力を見せられた以上、信じるしかないような気もした。

とはいえ、なんとなく、素直に信じるのは女性相手には失礼な気がして、

「そんな……ぜんぜん、見えません！」

いちおう否定しておいた。

「そう！　きれいさっぱり足を洗ったの！」

雫花はここぞとばかりに言う。

「ヤンキーは引退して、しっかり勉強して、普通の学校に入って……真面目に一年、高校生をやってきたの！　生徒会長にもなってさ！　中学時代ヤンキーしてたのは、ホントに、反省してる。だからお願い！　みんなには内緒にしてて！　そうじゃないと……」

右手の拳を握りしめる雫花。

先ほどの、強烈なパンチが脳裏をよぎった。

あれを食《く》らうのはヤバい。

ただ一方で、食らう心配もないのだった。

なぜなら……

「大丈夫ですよ。人の過去を言いふらすような趣味はありません。それに僕、友達がいないので、話す相手がいません！　だから安心してください！」

胸を張って言えた。百パーセント秘密保持保証。ご期待に添えない場合は遠慮なく殴ってください。

「……なんか、ごめん」

雫花が可哀想《かわいそう》なものを見る目で自分を見ているような気がしたが、秋良は気にしないことにした。

「でも、どうしてヤンキーなんてやってたんですか？　雫花先輩がヤンキーって、ぜんぜんイメージがわかないです」

「私もね、別にワルになりたかったわけじゃないの。ヤンキーやってるときも、ちゃんと学校には行ってた。放課後とか、土日にだけ、ヤンキー活動してた感じだよ？　家族や学校の友達にはもちろん、内緒にしてたし」

「だったらなおさら、何でなんです？」

「私、白馬の王子様を探してるの」

「――は？」

ちょっとよくわからない単語が出てきた。

白馬の王子様？　シンデレラとか、白雪姫に出てくる、あれですか？

「私は、白馬の王子様――つまり、私より強い男と結婚したいの」

「は、はあ」

雫花は説明を加えたつもりらしいが、秋良にはやはりよくわからない。

まず、「白馬の王子様＝強い男」という等式が謎だ。王子様って強いのか？　いや、経済力とか権力はあるだろうけど……。

「でも周りに強い男が全然いなくて……それで中学のときに、ヤンキーの世界に入ってみたんだ。ヤンキーたちって強そうじゃない？　だから、私より強い男がいるかなーって、思ったんだけど……」

雫花は頭を抱えた。

「みんな弱かった‼　結局全員倒して、私が番長になっちゃったの‼」

お、おう……。

「みんなは私を崇《あが》めてたけど、あんな貧弱な連中に好かれたって全然嬉《うれ》しくなかった！　こんなんじゃダメだって気づいた私は、ヤンキーをやめて、真面目に勉強して、日影高校に入ったの。いまじゃ黒歴史だよ」

まさか、「私より強い男を探しにいく」という名言の意味が、こんなだったたなんて……。日影市のヤンキーたちが聞いたら、ひっくり返ってしまうかもしれない。

ただ、なんだか気の毒でもあった。

雫花の言うとおり、ヤンキーは腕っぷしが強いはずだし、きっと雫花は期待してヤンキー界に突撃したのではないだろうか。一人、また一人、とヤンキーを倒しつつも、「きっともっと強いやつがいるに違いない！」と信じて突き進んでいった結果、天下を取ってしまったのだろう。そう思うと、可哀想だった。

「今も、白馬の王子様を探しているんですか？」

秋良は訊《き》いてみた。

「うん。強さって言っても、いろいろあるじゃない？　頭のよさとか、優しさとか……」

「お金持ちとか、家柄がいいとか？」

「うーん、それは違うような気がするなぁ」

「え？　でも王子様ってお金持ってるし、家柄もいいですよね？」

するとする雫花は、「わかってないなー！」とでも言いたげに、大袈裟《おおげさ》に肩をすくめた。

「王子様はね、たまたま王様の息子に生まれただけなの！　強い男が、たまたま、高貴な家に生まれて、お金を持っていただけ！　だって、弱い男だったらきっと、貧しいシンデレラを見て、それでも結婚しようなんて、考えなかったと思うんだ」

一理あるような気がした。

お金持ちや家柄がいい人間でも、酷《ひど》いやつはたくさんいる。

でもこれだけ聞くと、雫花はただ善人を探しているようにも見えた。

「雫花先輩の言う強さって、一言で言うと何です？」

「それはね、私にとっても永遠のテーマなんだ。ただ、本当に強い男に出会えたら、きっと私もこのテーマに答えが見いだせる気がしてるの。でも高校に来ても、強い男、いないんだよなぁ……」

たしかに、雫花は成績も学年トップで、生徒会長としてみんなから圧倒的信頼を勝ち得ている。

雫花よりも強い男……彼女より立派な男なんて、なかなかいないんだろうな、と秋良も思う。

「白馬の王子様を探してるとか、子供っぽいかな？」

「いえ、女の子らしくて、可愛《かわい》いと思いますよ」

純粋に夢を追いかける雫花が、秋良には輝いて見えた。

単純に、褒めただけだった。

それなのに雫花は顔を赤くすると、ちょっと怒ったような顔をした。

「か、可愛い⁉　い、意外と軽薄なんだね、秋良くん」

プイッとそっぽを向かれてしまう。

うわ、やべっ、何かミスったっぽい。こんなんだから友達ができないんだよ……！

秋良は心の中で頭を抱えた。

褒めたつもりだったけど、馬鹿にされたと思ったんだろうか？

女の子らしくて、がいけなかった？　可愛いがいけない？　なんか上から目線でものを言っているように聞こえた？

ボッチの陰キャには難しい。人間関係の経験値が足りなすぎる。

「でも、バレたのが秋良くんでよかったぁ」

雫花はふーっと長い息を吐いた。嫌な空気は霧散していた。地雷を踏みぬいた感じではなさそうで、秋良はホッとする。

「秋良くん、いい人っぽいし、秘密守ってくれそうだし。さーて、お話はこれで終わりだけど……」

雫花はスマホで時間を確認し、

「まだ時間あるから、せっかくだし、歌っていかない？」

と言った。

秋良は強烈な恐怖を覚えた。

歌う？　雫花先輩の前で？

「もしかして、カラオケ苦手だった？」

秋良の気持ちを察したのか、雫花が心配そうに訊いてくる。

「そういうわけじゃ、ないんですけど……」

カラオケは好きだった。ただし、ヒトカラ限定。

苦手じゃないなら、どうして拒否るの？　と純粋なまなざしで問いかけてくる雫花。

ここは正直に話すことにした。

「実は僕、アニソンしか歌えないんです……」

ボッチで人と遊ぶという習慣がなかった秋良の、唯一趣味と呼べるものは、アニメを鑑賞することだった。ゲームもやる。ただ、ドラマや音楽番組は見ないし友達もいないので、流行の歌をあんまり知らない。そのせいで、アニソンくらいしか、カラオケで歌えるものがなかった。

「そうなの？　え？　じゃあ私もアニソン、歌ってみていいかな？」

「雫花先輩、アニメ、好きなんですか？」

「うん、実は大好きなんだ！　恋愛もののアニメとか、よく見るの。ただ、クラスや生徒会メンバーとカラオケ行くときって、みんなが知ってそうな歌を歌うからさ、アニソンなんて歌う機会ないいんだ」

さすが誰もが尊敬する生徒会長。空気を読む力も抜群に高い。

「ヒトカラは行かないから……。ね、歌おうよ！」

「でも僕、あんまり上手じゃないですよ？」

「楽しく歌うのが大事だよ！　じゃ、私から入れるね！」

雫花は少女漫画原作のアニメの主題歌を流した。

その歌声は、感動的なレベルだった。

うまい、うますぎる……。

本当にあらゆる面でハイレベルな人だ、と秋良は感心した。

正直、このあとに歌うのはめちゃくちゃハードルが高かったが、秋良は、誰かと一緒にカラオケをするという状況に酔っていた。それが鎮痛薬となり、恥の感情が消えた。

「う、歌います！」

秋良は歌った。入りで声がちょっと裏返ったけれど、サビはまあまあ、いい感じだった。

間奏に入ったところで、雫花が、

「秋良くん、すごく上手じゃん！」

と盛大に褒めてくれた。

いや、雫花先輩のほうが圧倒的に上手ですよ、と心の中で思いつつ、めちゃくちゃうまい人に褒められるのは、やっぱり嬉しかった。

曲が終わり、次は雫花の番、というところで、

「ねえねえ、この曲一緒に歌ってみない？」

と提案される。

知っている曲だったから、即ＯＫ。

マイクを二人で持って、男女パートに分かれて歌う。

これは、何だ？

夢か？

こんな幸せを、僕みたいな陰キャボッチが与えられて、いいのか？

ほわほわとぼんやりした気持ちで、思う。

ちらりと雫花のほうを見ると、にっこりと微笑《ほほえ》みかけてくれた。

まさに、女神の微笑み。

幸せすぎる時間はあっという間に過ぎていった。


カラオケの料金は、約束通り、雫花が払ってくれた。

「あー、楽しかった。また来ようね……って、秋良くん⁉」

店を出たところで、雫花が驚愕《きょうがく》の声を上げた。

当たり前だ。

秋良が、泣いていたからだ。

自分でも、さっきまで笑ってカラオケをしていたやつが、突然泣き出したらびっくりすると思う。

だが、泣かずにはいられなかったのだ。

「大丈夫です。これは、嬉し泣きです」

秋良は本心からそう言った。

「いや大丈夫じゃないでしょ！　どうしたの⁉」

「僕、夢だったんです……。放課後、学校で知り合った人とカラオケに行くのが。すごく青春っぽくて、嬉しくて、嬉しくて……」

秋良は眼鏡を取って、ぐしぐしと袖で目をこすった。

「僕、小学校のときも、中学校のときも友達がいなくて。高校に入ってからもぜんぜん、できる気配がなくて……もう一人ぼっちで高校生活を送るんだって諦めてたんです。だから今日はありがとうございました。楽しかったです」

眼鏡をかけなおし、顔を上げると、自分が持てる精一杯の笑顔で、雫花にお礼を言った。

「じゃ、じゃあさ、また今度遊ぼうよ。今週の土曜日とか、どうかな？」

「……」

雫花からの提案の意味を理解するのに時間がかかり、一瞬、答えるまでに間ができた。

「え⁉　いいんですか⁉」

「いいに決まってるよ。だってもう私たち、友達でしょ？」

「トモ……ダ……チ？」

「何知らない言葉ですみたいな顔してるの。一緒にカラオケ行って、腹を割って話し合ったんだから、もう友達。ダメかな？　私は秋良くんと、友達になりたいけど」

「よ、喜んで！　土曜日も暇です！」

「おっけー！　じゃ、連絡先交換しよ！」

雫花がスマホを取り出した。

秋良も取り出す。動画視聴&ゲーム専用機と化していたそれに、初めて、家族以外の連絡先が加わった。

「じゃ、近くなったら連絡するね！」

「よ、よろしくお願いします！」

秋良は思う。

もしかして、僕の青春、始まった……!?

＊

高崎雫花は、小暮秋良と別れ、一人、帰路についていた。

日がだいぶ長くなったなぁと、夕焼け空を眺めながら思う。

秋良も同じ空を見ているんだろうな、とも。

——小暮秋良くんか。いい人そうでよかった。

ちょっと変わっているけれど、間違いなく、悪い人ではない。秘密も守ってくれそうだ。

ただ、ずっと、何かが引っかかっていた。頭の隅っこのほうで、チリチリと、発火しそうでしない情報があるような気がした。

——小暮秋良……この名前、どこかで聞いたことがあるんだよなぁ。

どこでだったか、まったく思い出せない。

とはいえ思い出せないということは、今の自分には大して重要な情報ではないんだろう。自分は、大切な話だったら、きちんと思い出せるようにしておける人間だ。雫花はいつも、そうあろうと努めている。

雫花は強い男と結婚したい。パートナーに強さを求める以上、自分も強くあらねばならないと思っていた。

だから、自分が忘れてもいいと思うくらいには、大した情報ではないんだろう。

4

千葉県立佐曽利《さそり》工業高校——。

その体育館裏のたまり場に、八人のヤンキーがたむろしていた。全員が、佐曽利工業高校指定の黒ジャージに身を包んでいる。

一人がソファーに座り、残りの七人は、ひざまずいていた。その七人のうち、六人は土《つち》埃《ぼこり》で体中が汚れており、顔に痣《あざ》をつけているものもあった。

ソファーに座っている男は、ジャージのせいで少しわかりづらいが、鍛えられた体は引き締まっていて、それなりに身長もあるようだった。茶色の短髪と険のあるタレ目が特徴的である。

彼の名は川村繁《しげる》。〝佐曽利工業の持国天〟と呼ばれる強ヤンキーで、佐曽利工業高校の生徒やOBを中心に構成されるヤンキーチーム、〝シルバー・スコーピオン〟の四天王の一人。つまりは、幹部クラスのヤンキーだった。

「し、繁さん、すみません、俺たち……」

怯《おび》えた様子で、ボロボロのヤンキーたちの一人が言う。

「聞かなくてもわかるわ。ずいぶん派手にやられたなぁ、おまえら」

ニヤニヤ笑いで繁は応じた。

繁からの罰を恐れているのか、七人のヤンキーは恐縮しきっている。

繁としては、彼らがやられたので機嫌がよかったのだが。

「で、でも、あいつ、バケモノっすよ。二十秒かそこらでしたよ？　それでみんな、のしちまうんですから」

「俺らのこと、雑魚《ざこ》って言ってました。これでもシルバー・スコーピオンの中じゃ、精鋭なのに……」

次々と言い訳を口にするヤンキーたち。

「サイレント・ライオットってのは、そういう女だ。規格外の戦闘力を持つ女」

繁はつぶやくように言う。

「だから本物だとしたら、おまえらに勝ち目はねぇよ。安心しろ。おまえらを送り込んだのは、噂《うわさ》が本当なのか確認するためだ」

――ゴールデンウィークごろから、ある噂が、ヤンキーたちの間で広がっていた。

姿を消したサイレント・ライオットが、実はまだ日影市にいる。しかも、ヤンキーから足を洗って、日影高校の生徒会長をやっているらしい、と。

真に受けているヤンキーは少なかった。あの鬼のように強かったサイレント・ライオットが、何で普通の女子高生をやっているのだ。中には、彼女はたしかに若かったが、高校生の年齢であったはずがない、と言う者もいた。

繁もまた、信じていない組の一人だった。

だが、もし本当だったら……こいつは使える、と考えた。

そこで、舎弟たちを送り込み、確かめたのだった。

「おい、動画は撮ってあるだろうな？　見せてみろ」

「は、はい！」

一人、怪我《けが》をしていないヤンキーが、繁にスマホを渡した。彼は繁に命じられて、サイレント・ライオットとは対峙《たいじ》せず、遠くから会合の様子をスマホで録画していたのだった。

スマホの画面には、サイレント・ライオット――高崎雫花が、ヤンキーたちをコテンパンにしている映像が流れている。

「よく撮れてるな。ははは、こりゃ傑作だ。手も足も出てねぇ。だが、おまえらがこのやられ方なら、どうやら噂は本当らしいな。よし、いい感じの場面をスクショして印刷しておけ。それからおまえたち。この写真だけだと、ちょっと弱いかもしれない。あの女の恥ずかしい写真を撮ってこい」

「恥ずかしい写真、ですか……？」

「何でもいい。着替えでも、風呂《ふろ》でも、とにかく、バラまかれたら困りそうなものを撮れ」

「はい！」

親分の命令は絶対だからだろう、舎弟たちは素直に頷《うなず》くが、半信半疑の様子だった。

頭の回りが悪いやつらだなぁ、と繁は苦笑する。

──まあ、頭の回転がよかったら、ヤンキーなんかやってねぇか。

繁も含め、ヤンキーたちはヤンキーになる理由がある。頭が悪かったり、要領が悪かったり、あるいは、ちょっと喧嘩《けんか》が強すぎたり……全員がはみ出し者だった。

そしてはみ出し者には、はみ出し者の夢があり、プライドがある。

「俺は今の〝番長〟を倒し、テッペンを獲《と》る！　そのために、この女を利用するんだ。この仕事は、その準備だと思え！」

「へい！」

元気よく返事をし、散開するヤンキーたち。

現番長の強さは、空前絶後だと言われている。あまりにも強いせいで、二つ名をつけることができず、単に〝番長〟とだけ呼ばれているほどだ。あらゆる二つ名が、番長自身の強さに負けてしまい、ふさわしいと思える名前が存在しないのである。

テッペンを獲るためには、この最強の番長を倒さなければならない。正直な話、今の戦力では不可能だ。

だがもし、サイレント・ライオットを手駒として使えたら──。

「俺にも、いよいよツキが回ってきたな」

繁は深くソファーに座り直し、にやりと唇をゆがめた。

5

金曜日の夜。秋良《あきら》は自宅でクローゼットを漁《あさ》っていた。

「明日は……雫花先輩と、遊びにいく……！　服、どうしよう⁉」

高校に入る直前に、ショップの店員さんに聞いてマネキンが着ているものを一式買ったやつが出てきた。

高校生になったら友達と遊びにいったりするかも？　と淡い期待とともに購入した服。

これを着るときが来るとは……！

ちなみに、ほかの服は全部、中学時代に、ファストファッションの店で適当に選んだものばかり。自分としてはけっこうカッコいいのではないかと思うのだが、マネキンが着ていた服とはだいぶジャンルが違うように見えた。

マネキン服がカッコいいかはよくわからないが、信じるべきは自分のセンスよりマネキンだろう。秋良は、友達いない歴が長すぎるため、他者からの批評を受けてこなかった。ファッションセンスでマネキンに敵《かな》うとは思えない。

ヴーン、ヴ――――ン、とハエが飛んでいるみたいな音が、しばらく前から部屋に響いていることに、気づく。

それがスマホのバイブ音だと気づくのに、さらにしばらくかかった。

え？　僕に電話？　誰からだろう？

親から電話が来る可能性は低かった。田舎のじいちゃんか？　いやー、特に用事なんてないはずだし……。

スマホの画面に映っていた名前を見て、秋良は飛び上がりそうになった。

――高崎雫花
律儀《りちぎ》に登録された、苗字《みょうじ》と名前。

大慌てで通話を繋《つな》いだ。

「もしもし、小暮です」

《秋良くん？　雫花です！》

――ほんとに雫花先輩からだ！

感激する。

友達からスマホに電話が来るなんて初めてだった。

《夜遅くにゴメンね！　連絡するって言ってたのに、ぜんぜんできなくて》

「生徒会、忙しいですよね」

《細かい仕事がいっぱいあってさー。でも明日はちゃんと休みだから、一緒に遊ぼうね！》

なんだか耳元で囁《ささや》かれているみたいでむず痒《がゆ》い。もちろん、女性に耳元で囁かれた経験などないから、あくまで想像だ。

《で、明日なんだけど、どこか行きたい場所あるかな？》

突然の質問にうろたえる。

友達と遊びにいけるのが嬉《うれ》しすぎて、何も考えていなかった。

「またカラオケにいきたいです」

しゃべってから、うわー僕、置きにいきすぎだー！　と心の中で頭を抱える。

でも、「雫花先輩はどこ行きたいですか？」って訊《き》くのは禁じ手だと思ったのだ。相手に考えてもらうのはズルい気がした。

《そだね！　この間はあんまり歌えなかったし、ガッツリ歌おっか。あ！　もし時間が余ったらゲームセンターに行ってみたいな。私、生徒会長だからかもだけど、あんまり誘ってもらえないんだよね。一人で行くの、ちょっと怖いし……》

最強の女番長が「ちょっと怖い」と言っているのが面白かった。

「いいですね。じゃあ、そんな感じで」

《集合は……お昼過ぎでいい？　母が明日のお昼の準備しちゃったみたいで。いきなりカラオケになっちゃうけど》
「全然問題ないです！　食費は節約しましょう！」
《ありがとう！》
テキパキと当日の予定を雫花が組んでくれた。
秋良は羨望《せんぼう》を禁じえなかった。
できる女性は、遊びの予定を立てるのも上手なのだ。
重ね重ね、自分が彼女と友達になれた幸運に感謝した。ありがとう、ヤンキーたち！

翌日――。

集合場所は、日影駅前。

日影駅は、日影高校の最寄り駅である。そのままショッピング街に通じている賑《にぎ》やかな駅前だ。土曜日だからだろう、待ち合わせをする人たちで賑わっていた。

「秋良くん！」

雫花はすでに来ていた。

彼女の私服姿を見て、秋良は息をのんだ。

——可愛《かわい》いってレベルじゃないぞ……！

制服姿も、もちろん魅力的だが、私服姿は私服姿で、圧倒的な可愛さがあった。

萌《も》え死にしないか心配になりつつ、人生初の〝休日に友達と遊ぶイベント〟が開幕した。

ソワソワとした気持ちを抱えながら、カラオケに入り、二時間ほど歌った。

雫花の歌は相変わらず上手で、秋良は聞きほれた。自分の歌の出来は相変わらずわからないが、雫花は褒めてくれる。嬉しい。

続いて、ゲームセンター。

「そう、これ、これをやってみたかったの！」

クレーンゲームに雫花は食いついた。

「やったことないんですか？」

「子供のころにやったことはあるよ。ただ、中学のときは、ヤンキーやってたから、こんなファンシーなのは、やる感じじゃなかったの。高校に入ってからは、一緒にゲームセンターに来るような友達がいなかったんだよね。なんだろ、私はあんまりそういうの行かないんじゃないかなーって、勝手に思われてて」

「たしかに、雫花先輩って、ゲームセンターみたいな庶民的な遊びじゃなくて、高尚な趣味を持ってそうな気はしてました。茶道とか、華道とか」

「ぜんぜん普通なんだけどね、ホントは」

あはは、と笑う雫花。

「茶道、華道も、一通り習いはしたけどね」

一方で、イメージ通りの教育も受けているのか。

茶道や華道を修めつつ、ヤンキーまでやってる人間、世界でも雫花先輩ぐらいなんじゃないかな、と秋良は思った。

「というわけで、やってみるね！」

財布から硬貨を取り出し、投入する雫花。

「狙うは……アザラシのぬいぐるみ！」

白い、丸々太ったアザラシのぬいぐるみを雫花は指さした。

真剣な表情でボタンを押し、アームを動かしていく。

だが――

「ええ⁉　難しすぎない⁉」

アームはかすりもせずに虚空《こくう》を掴《つか》んだ。

「も、もう一回！」

雫花は真剣な表情でケースの中を見つめ、再びアームを操作する。

しかし、アームは空振りしてしまう。

初挑戦で成功できるほど、クレーンゲームは甘くないのかもしれない。

「――あのぬいぐるみですね。僕、ちょっとやってみてもいいですか？」

「うん。仇《かたき》を取って！」

「いきます」

秋良は目を細め、位置を確認する。

見たところ、アームの力はそれなりにありそうだった。良心的な店なのだろう。アザラシのぬいぐるみも大きすぎないし、止攻法で行けば、おそらく取れる。

陰キャの本領を発揮するときが来た。伊達《だて》に一人でゲーセンに籠もってはいない。友達がいないから一人でがっつり練習できた。その成果を披露する日が、ついに来たのだ！

アームは正確にアザラシの胴をとらえ、釣り上げた。

「やった！　やった‼」

隣で雫花が喜びの声を上げる。

顔がめちゃくちゃ近づいているが、クレーンゲームに全力で集中している秋良は照れる余裕もない。

アザラシはしっかりと、穴に放り込まれた。

「すごい！　秋良《あきら》くん上手すぎ！　どうしてできるの!?」

「わりと練習したので……」

褒められてめちゃくちゃいい気分だった。

＊

ひとしきりゲームセンターで遊び、休憩がてら、雫花と秋良は公園に来ていた。

噴水が中央にある、おしゃれな公園だ。

土曜だからか、家族連れが多く、子供たちが遊んでいる。

ベンチに二人で座って、のんびりとお話をした。

雫花は、不思議な気分だった。

カラオケもゲーセンも、本当に楽しかった。ほかの友達と一緒に行っても、たぶん、楽しいんだと思う。ただ、クラスメイトや生徒会の友達と行ったら、きっと、アニメの歌は歌わない。ゲームセンターに行っても、友達が遊んでいるのを後ろでニコニコしながら見ているだけで、自分からクレーンゲームをやったりはしないと思う。

自分はそういうキャラじゃない、と思うから。

生徒会長っぽい雰囲気を、たぶん、出すと思う。

けれど秋良の前だと、自然とそういう生徒会長っぽい雰囲気をまとわない自分がいる。

なんていうか、素に戻ってってしまう。

――秋良くんは、不思議。秋良くんのそばにいると、なんだか落ち着くっていうか、安心するっていうか、つい、素に戻っちゃう。

どうしてだろう……。

すでに自分がサイレント・ライオットであるとバレてしまっているから、気負わないのだろうか？

でも、ヤンキー時代は逆に番長らしく振る舞っている自分がいた。

秋良に対しては、どちらでもない。

やっぱり、不思議だった。

「雫花先輩、今日は本当にありがとうございます」

「どうしたの、急に？」

「僕、この間も言いましたけど、友達、ホントいなくて。今日、すごく楽しくて。だからありがとうございます。こんな陰キャと一緒にいてくれて、きっとつまらなかったと思いますけど……」

「そんなことないよ！　私もすごく楽しかった！　秋良くんと一緒にいると素でいられるっていうか……」

「僕も雫花先輩と一緒にいると楽しいです」

秋良はそう言って、にっこり笑った。

ドキッと、心臓が大きくはねた。

――あ？　え？　いま私、ときめいた？

焦《あせ》った。

どうして秋良に対して、ときめくのか。

――いやいや、私が好きなのは強い男。秋良くんは優しいし、いい子だけど、強くはない。理想の男じゃないよ！

ドギマギする雫花を見て、不思議そうな顔をする秋良。

その穏やかな表情がまた可愛く見えて、雫花は視線を逸《そ》らす。

逸らした先で、問題が起こった。

びゅうっと強い風が吹き、小学生くらいの少女の被《かぶ》っていた帽子が、ふわりと飛ばされた。

「ああ！」

少女の悲鳴。帽子は風に乗って噴水のほうへと飛んでいく。

雫花は反射的に体が動いていた。

ベンチから立ち上がり、猛ダッシュ。

地面を蹴り、帽子に向かってしなやかに跳んだ。

手を伸ばした先には、正確に、帽子があった。

――よし！

完璧なキャッチ。

……だと思ったのだが。

「雫花先輩！　下！」

どこでコントロールが乱れたのだろう。雫花は真っ逆さまに噴水へとダイブするコースにいた。もしかしたら、秋良のことを考えてドキドキしていたせいで、体の動きをモニターする力が鈍っていたのかもしれない。

足を伸ばして、噴水のふち、ぎりぎりに片足をついた。

それがいけなかった。

そのままバランスを崩し、ざっぱーん！　という派手な音を立てながら、雫花は思いっきり噴水にダイブした。

直前で、少女のほうに投げたので帽子は無事だった。帽子は完璧なコントロールで、少女のほうへと飛び、少女の腕の中に収まった。

「雫花先輩！　大丈夫ですか⁉」

秋良が駆け寄ってくる。

「大丈夫大丈夫。ここ、浅いし」

立ち上がり、噴水から外に出つつ、言う。

「だから心配なんです。頭とか打ってないです……か…………？」

パッと、秋良が視線を逸らした。

何だろう、と思う。

すぐにその意味を理解する。

水に濡《ぬ》れたせいで、下着が透けていた。

「わ、わわわ……！」

両手で胸元を隠すが、隠し切れない。

どうしよう、と焦りに焦った、そのとき、

ふわり――

と布の感触が肩にかかった。

「とりあえず、これを着てください」

秋良が上着を羽織らせてくれたのだ。

雫花は、ドキッとした。

――秋良くん、優しい……！

雫花の中にある、白馬の王子様センサーがバチバチに反応するのがわかった。

すぐに、理性が否定する。

いや、秋良くんは別に強い男じゃないでしょ。私の好みじゃない！

感情はちょっと批判する。

別にカッコいいなら何でもいいじゃない⁉

だが雫花は理性に軍配を上げる。一貫性がなく惚《ほ》れまくっていたら、それはただの尻軽女である。雫花の美意識では、そんな浅はかな恋愛は許せない。

「このままだと風邪ひいちゃいそうですね……」

秋良が心配そうに言った。

「もういい時間ですし、この辺で解散しましょうか？」

「ごめんね、いい？」

「もちろん、雫花先輩とはもっと一緒にいたいですよ！　でも、十分楽しかったので！」

――私と、もっと一緒にいたい⁉

顔がかーっと熱くなってくる。

「秋良くん！　そういうことは、軽々しく言っちゃダメだよ⁉　チャラ男だと思われるよ⁉」

「僕がチャラ男？　あはは、僕みたいな陰キャがチャラ男に見えるわけないじゃないですか！　雫花先輩、冗談はやめてくださいよ～」

楽しそうに秋良は笑う。

まったく、真に受けていないようだ。

「むー！　ホントだからね！」

雫花は頰を膨らませた。

そして小声で、

「実際、眼鏡の奥の目は綺麗《きれい》だし、顔もよく整ってるし。落ち着いてて、知的な感じ、モテそうなんだよな……」

ごにょごにょと続け、ハッとする。

こんなこと聞かれたら、自分が秋良に恋してると思われてしまう！

「え、何ですか？　眼鏡がどうしたんです？」

しかし秋良は聞き逃したようだった。

助かった。

「な、何でもない！　ともかく！　ちゃんと言葉には気をつけること！　お姉さんとの約束です！」

「大丈夫ですよ。誰にでも言うわけじゃないです。雫花先輩にだけです」

「――――ッ！　ホント、そういうところだよ！」

心臓は早鐘を打ち、顔は真っ赤。

もう完全に、秋良の手のひらの上で踊らされている気分。

「雫花先輩？　顔が赤いですけど、まさかもう熱が出てきたんじゃ……」

「そ、そうかも。帰らないと。じゃ、じゃあ、私はこれで！」

「はい。お大事にしてください！」

6

雫花は、帰って風呂《ふろ》に入り、夕食を食べ、ベッドに座って、今日一日について考えていた。

発端は、同情である。秋良《あきら》を遊びに誘ったのは、自分が初めての友達と聞いたからだ。同時に、もう元ヤンだとバレてしまったから、リラックスできそうだな、と思ったから、一緒に遊びたかった。

家族も学校の友達も、雫花は優等生だと思い込んでいる。ヤンキー時代も、表向きは優等生として振る舞っていた。完璧な優等生である雫花とヤンキーとは、まったく頭の中で結びつかないものらしく、隠すのは意外と簡単だった。

とはいえ、ヤンキーっぽい気性を相変わらず持ち合わせているので、思わず手が出そうになることも多い。

たとえば、高校一年生のとき。

同じクラスの国場剛志《こくばつよし》という、ちょっと大人しい子が、クラスの派手な男の子数名にいじめられているのを目撃した。

そのときは口頭で注意するにとどめたが、弱い者いじめをする雑魚《ざこ》どもを見て、反射的にぶん殴りそうになったのを覚えている。

秋良の前であれば最悪、素《ヤンキー》が出てしまっても問題ないから、秋良と外出するのもアリかな、と思ったのだ。

結果は大成功。とっても楽しかった。

楽しかったのだけれど……。

「――秋良くんって、ホントに陰キャなのかな？」

一つの疑念が、雫花の頭の中に浮かんでいた。

秋良は雫花を躊躇《ちゅうちょ》なく「可愛《かわい》い」と褒める。

「陰キャがあんな大胆なこと言う？　それとも、頭の中に出てきた言葉をそのまま言っただけ？　は！　だとしたら、秋良くんは私を可愛いと思ってるの⁉」

きゃあああ、と悲鳴を上げながら、雫花はベッドにダイブした。

うつぶせになり、顔を枕に押しつけて、足をバタバタさせる。

だが、一つの可能性に思い当たり、ガバッと起き上がる。

「もしかして私にこう思わせるという高度な作戦では⁉　陰キャなんて実は大嘘《おおうそ》で、ホントは女の子食いまくってるチャラ男なんじゃないの？　でも、チャラ男があんないい子なわけない……いやぁ人は見かけによらないって言うし……ああああん、わかんないよおおおおお‼」

雫花はベッドの上を高速でゴロンゴロンした。

「ヤンキー以外の男の子と仲良くなったの初めてなんだよおおおおお‼」

誰かに相談したかったが、秋良以外だと、「生徒会長である高崎雫花」の知り合い（＝

学校の友達）か、「サイレント・ライオットである高崎雫花」の知り合い（＝昔の舎弟）しか存在しない。

ヤンキーから足を洗った以上、昔の舎弟たちに相談するなど言語道断。しかし学校の友達に相談しても、雫花のこの微妙な状況を説明できないため、あんまり益はなさそう。

ただただ悩むだけで、夜が更《ふ》けていってしまった。

7

佐曽利《さそり》工業高校。

もう夜も遅いというのに、川村繁《しげる》をはじめとした八人のヤンキーがたむろしていた。

ドラム缶の中で燃える火が、パチパチと音を立てている。

「繁さん！　サイレント・ライオットの恥ずかしい写真撮ってきました！」

「おう。見せてみろ」

繁は舎弟からスマホを受け取り、見た。

雫花が陰キャっぽい男子と一緒にクレーンゲームをしている様子が、遠目から撮影されていた。

「……これは何だ？」

「女番長が、あんな可愛いもんを、しかも陰キャに取ってもらってたんすよ？　こりゃあメンツ丸つぶれでしょ！」

「ヤンキー引退したとかホザいてるやつがこんなので恥ずかしがるわけねぇだろ！　普通の女の子になってんだよ！」

　ドゴン！

　繁の蹴りがヤンキーに入る。「ぐふぉ！」と情けない声を漏らしながら、ヤンキーたちがぶっ飛び、地面に転がった。

「てめぇの頭は空っぽか⁉　ったく、他に写真撮ったやつは？」

　繁が尋ねると、ヤンキーたちは、

「風呂を覗《のぞ》こうと思ったんですが、洗面器をなげつけられてくたばりました……」

「万引きしてるところを撮ろうかと思ったんですが、ちゃんとお金払ってたんで撮れませんでした……」

　と、失敗報告ばかりしてきた。

「役立たずどもが……」

　繁はため息をつく。

まあ、雫花はかつてヤンキーの頂点を獲っただけでなく、学校では生徒の頂点に立つような女だ。そう簡単にボロは出さないのだろう、と思ったので、許してやることにした。

「で、スクショ班は？　動画から、ちゃんといい場面切り出せたか？」

「へい！」

数枚の写真を繁に手渡す舎弟。

「……よく写ってるな。まあ、この写真だけでもどうにかなるだろ。かなり決定的な証拠だしな」

写真には、雫花が豪快にヤンキーたちを攻撃している様子が写っている。

繁はそれらを、手紙と一緒に、白い紙で巻いた。

紙には、「果たし状」と毛筆で書かれている。

「月曜の昼、この手紙をあの女の下駄《げた》箱にでも入れておけ」

恭《うやうや》しく受け取りつつ、「へい」と返事をする舎弟。

「月曜は祭りだ。存分に楽しもうぜ！」

8

週明けの月曜日――放課後。

雫花と秋良は、生徒会室で一緒に作業をしていた。

先週の土曜日、秋良から上着を借りたまま帰ったので、返そうと思って連絡したところ、秋良が生徒会室までわざわざ取りにきてくれた。そのとき、雫花は一人で生徒会の仕事をしていたのだが、そんな雫花を見かねて、手伝いを申し出てくれたのだ。

「ちょうど誰も捕まらなくて困ってたから、ホント助かるよ～」

「お役に立てたなら嬉《うれ》しいです」

おかげで、本来なら二時間以上かかりそうな仕事が、一時間で終わった。

「さあて、これでオシマイっと――。今度お礼にカラオケ奢《おご》るね？　早く帰れるし、なんだったら、今から行く？」

「お供します！」

ホントに、秋良くんっていい子だなぁ、と雫花は思う。

――これで強かったら、完璧なんだけど……って、失礼なこと考えないの！

心の中で自分の頭をポカリと叩《たた》く。

雫花と秋良は一回下駄箱前で別れ、それぞれのクラスの下駄箱へ向かった。

「あれ？」

下駄箱を開けると、外履きの上に、手紙が一通、置いてあった。

――果たし状。

表にはそう書いてある。

決闘を申し込む。

本日夕方、日ノ影橋《ひのかげばし》の土手下に一人で来い。

川村繁

開いてみると、そういう文言の手紙と一緒に、三枚の写真が入っていた。

先週、公園で雫花がヤンキーたちと戦う様子を撮ったものだ。

「もし来なかったら、写真と一緒におまえの過去をバラす」

言外にそう言っているようだった。

雫花はギリッと歯を噛《か》みしめた。

――やってくれるじゃない。

サイレント・ライオットに喧嘩《けんか》を売るとどうなるのか、思い知らせる必要があった。

「雫花先輩？　どうしたんです？」

外から秋良に声をかけられて、雫花は慌てて、果たし状と写真をカバンに押し込んだ。

「ううん、何でもない。秋良くん、ごめん。ちょっと用事ができちゃって……カラオケはまた今度でいい？」

「大丈夫ですよー」

「ありがと。じゃあ、私はこれから、用事に行くから。またね」

「はい、さよなら」

雫花は秋良と別れて、歩き出した。彼が見えなくなると、走り出す。

＊

雫花が土手下に来たとき、すでに繁は姿を現していた。

地べたに胡坐《あぐら》をかき、くっちゃくっちゃとガムを噛みながら、舎弟たちと談笑している。舎弟の数は六人。繁を含め全員が、佐曽利工業の黒ジャージを着ている。

「遅かったじゃねぇか」

繁は雫花に気づくと、ゆっくりと立ち上がり、ぺっとガムを吐き捨てた。

「用事があったの。生徒会長って忙しいんだ。それで、私を呼び出して、何の用？」

「この間、俺の舎弟たちが話しにいっただろ？　俺に協力しろって。その返事を聞きたいと思ってな」

「返事はした。舎弟たち、ホウレンソウもできないほど間抜けなの？　答えはノーだよ」

「おいおい、本気か？　この繁様が、おまえと手を組むって言ってるんだぞ？　素直に従っておいたほうがいいと思うけどなぁ」

「私、ヤンキーはもう卒業したの。きちんと、まっとうに生きるって決めたんだ」

「卒業したって、過去は消えないぜ？　もし俺に協力しないっていうなら、昔のこと、全部バラすぞ」

「やっぱり、そう来るか……。なるべく穏便に済ませたかったけれど、仕方ないな」

雫花のまとう空気が変わる。

先ほどまでと、見た目はまったく同じ。だが、彼女の周りの空気が、静かな暴力性《サイレント・ライオット》を発散する。

「言うことを聞かせたいなら、無理やり聞かせなさい。もしあなたたちが私より強いんだったら、従ってあげてもいいよ」

唇の端を吊り上《あ》げ、獰猛《どうもう》に笑う。

「「「「「ひいっ」」」」」

繁以外の六人のヤンキーたちは、その空気に触れただけで、ほとんど戦意を喪失してしまったようだった。

しかし繁だけは余裕のある笑みを見せた。

「ははっ、怖いねぇ。さすがはサイレント・ライオットだ。ますます、欲しくなった」

「うだうだ言ってないで、かかってきなさい！」

「いいぜ。だがな、今暴れたら、マズいんじゃないか？」

「何を言って……。――!?」

雫花は気づいた。

土手下――橋のコンクリートの柱のそばで、雫花たちから身を隠すようにして、スマートフォンを掲げているヤンキーがいることに。

服装は繁たちと同じ黒ジャージ。

「俺たちさ、今時のヤンキーだから、動画サイトのチャンネルを持ってるのよ。銀の蠍《さそり》チャンネル。まあ要するに、シルバー・スコーピオンのチャンネルだ。そこでスマホ持ってるやつは、タップ一つでライブ配信を始められる」

「く……」

「感謝しろよ？　まだ配信は始めてない。おまえが、自分が元ヤンだって認めたシーンは、誰にも見られてない。俺としても、表向きは生徒会長のふりをしてくれていたほうが、いろいろとおまえを使いやすいからな。だが、おまえが戦い始めた瞬間、あいつはスマホの配信ボタンを押す手はずになっている。全世界に、おまえはヤンキーだってバレちまう」

「卑怯《ひきょう》なやつ……！」

「正々堂々戦って勝てる相手じゃないからな。ここを使わせてもらった」

繁《しげる》は、人差し指で自分のこめかみをコン、コン、と叩いてみせた。

「いいのかぁ？　ここで暴れたらぜーんぶ世界に公開されちまうぞ？　生徒会長が元ヤンなんてとんだスキャンダルだ。きっと学校にいられなくなるだろうな？」

繁はじりじりと、雫花のもとへと歩み寄ってくる。

雫花は金縛りにあったように動けない。

――どうしよう。

中学時代、ヤンキーをやっているのは隠し通した。高校に入ってからも、まったく周りに見せなかった。そうやって、自分のイメージを……小学生以来培《つちか》ってきた、優等生としての自分像を、守ってきた。

それが崩れたら、どうなるの？

「そーいや、家族にも言ってないんだっけ？　おうちではいい子ちゃんだって噂《うわさ》、聞いたぜ？」

繁は雫花の至近距離まで迫ると、猫背になって顔を覗き込み、右手で雫花の顎を摑《つか》んだ。

雫花は睨《にら》み返すが、何も反論できない。

考える。

どうにかして、この状況から逃れないと。

そうじゃないと、私は……。

怖かった。

私は、いい子じゃないといけないから。

だってみんな、私のことをいい子だと思っている。

そうじゃない私なんて求められてない。

ヤンキーだったってバレたら、私の居場所は、きっとなくなる。

けど、だからといって、繁の下について今の番長とやり合うなんてしたくない。ヤンキーはもう嫌だ。抗争を繰り返したって、何も得るものはない。結局、自分より強い男は見つからなかったんだし……。

「へへっ。正直、俺が口で噂をばらまいたところで誰も信じないだろうが、映像がライブで流れたって知ったら、さすがにみんな信じるだろ。ってか、そもそも暴力沙汰だしな？

俺に協力するしかないなぁ？」
「私は……」
協力するしかないの？
また、ヤンキーに戻るしか、ないの？
繋は言った。
卒業したって、過去は消せない、と。
一度道を踏み外してしまった以上、私はヤンキーとして生きていくしかないの……？
私が悪いの？
やっぱり私は悪い子なの？
「さあ選べ。元ヤンがバレて一人ぼっちになるか、ヤンキーとして俺の下で働くか」
「私は………」
助けて……。
誰か。
——こんなとき、おとぎ話では、白馬の王子様がお姫様のピンチに現れる。
雫花は、自分がお姫様じゃないと自覚している。
だから誰も助けにはこない、とわかっている。

でも願ってしまった。

もし、私の白馬の王子様がいるなら、助けてください。

私を、この悪夢から救ってください。

お願いします――――！


そのとき、雫花は不思議なものを見た。


その姿は、この場に最もそぐわないものだった。

小暮秋良。

ちょっと陰キャっぽい、大人しい少年。

彼が、近くの河原にいた。

石ころを川に向けて投げている。水の上を跳ねさせたいのだろうが、あまりに下手すぎて、ぽちゃん、と石は水に吸い込まれていった。

もう一度、秋良《あきら》は石を投げた。

だが、石は川とは全然違う方向に飛んでいき……。

「痛ぇ‼」

雫花たちを撮影しようとしていたヤンキーの手に直撃した。

ヤンキーは悲鳴を上げながら、スマホを取り落とす。スマホは地面に一度落ちてバウンドしたあと、川の中に消えた。

「おい、何やってんだ！」

繁の怒鳴り声が響く。

「す、すみません！　なんか石が突然飛んできて！」

「石だぁ⁉　んな言い訳、信じると思ってんのか⁉」

繁が雫花のもとを離れ、ヤンキーに向かって歩き出そうとしたとき、

「あのー、すみません……」

おっとりした声が、聞こえた。

秋良がいつの間にか、雫花たちのそばまで来ていた。

「あ？　誰だてめぇ？　ってかこの陰キャいつからいた⁉」

「最初からいたんですけどね……誰も気づいてくれませんでした……」

秋良はしくしくと泣き出す。

雫花は驚いていた。

雫花も、さっき秋良が誤って石をこちらに投げてしまう直前まで、その存在に気づいていなかったからだ。繁たちはそもそも、秋良が近づいてきて発言するまで、まったく気づいていなかった。

存在感が希薄すぎる。

おそらく、気配を完全に消し切っている。

意識的にか無意識にかは、わからないけれど……。

「秋良くん……！　危ないよ！　早く逃げないと！」

「いえ、ここは僕がビシッと言わなきゃいけないところかな、と思いまして」

「ビシッとだぁ？」

繁が呆《あき》れた様子で言う。

「はい、ビシッとです。繁さん、でしたっけ？　雫花先輩、すごく困ってるみたいなんで、つきまとうの、やめてあげてくれませんか？　この人はサイレント・ライオットなんかじゃないですよ。うちの学校の、優しい、生徒会長です」

雫花は気が気ではない。

繁はおそらく、雫花より弱い。でもヤンキーだ。一般人の秋良が太刀打ちできる相手じやない。大怪我《おおけが》を負う前に止めないと……！

「てめぇ！　繁さんの怖さを知らねぇのか⁉」

「繁さんはなぁ！　シルバー・スコーピオンの四天王の一人なんだぞ⁉」

「殺されてぇのか⁉　ああん⁉」

ヤンキーたちがいきり立ち始める。

「やめて！　秋良くんは関係ない！　あなたたち、私に用があるんでしょ⁉」

うろたえた雫花の様子を見て、繁は目を細めた。

「へぇ、なるほど……。雫花、この陰キャとけっこう仲がいいんだな。よし、おまえら。陰キャをちょっと可愛《かわい》がってやれ。俺たちの世界の厳しさを教えてやるんだ。こいつの泣き声を聞けば、雫花も大人しく言うことを聞くだろ」

「やめて‼」

雫花の声は届かなかった。

七人のヤンキーが、秋良に飛び掛かった。

だが、次の瞬間、倒れていたのは七人のヤンキーのほうだった。

雫花は目を疑った。雫花だけではない。繁も、目をまん丸に見開いていた。

雫花の目には、飛び掛かったヤンキー七人が、一人ずつ、順番に、秋良によって倒されていく光景が、しっかりと焼きついていた。

それはあまりに素早く、効率的で、殺傷力の高い攻撃だった。正確に七発、拳や蹴り、頭突きが放たれ、一人ずつヤンキーを仕留めていった。

七人すべてが、一撃で、地面に沈んだ。

秋良のほうは、ほとんどその場から動いていないように見えた。実際には、かなり大掛かりな動きをしていたのだが、そう見えてしまうほどに、彼は落ち着いた佇《たたず》まいで、そこに立っていた。

「い、いまの、なんだ……？　何が、起きた……？」

繁の声は、ほとんどうめき声だった。

「――繁。おまえ、俺に逆らおうなんて、いい度胸だな」

今までの、おっとりした秋良の声ではなかった。

威圧感のある、重苦しい声……。

秋良は言葉を発しながら、眼鏡を外した。そしてガッと勢いよく、目元にかかっていた前髪をかき上げた。

そこに現れた顔に、雫花は釘《くぎ》づけになる。

美貌だった。

精悍《せいかん》でありながら、中世的な美しさを備えた顔立ち。

その顔を見ているだけで、雫花の心臓は、ぎゅうっと締めつけられた。

「あ、あなたは……番長⁉」

繁《しげる》が驚愕《きょうがく》の声を上げる。

雫花は思い出した。

――そうだ！　小暮秋良って、今の番長の名前だ！　秋良くんがあまりにも番長っぽくなかったから、全然気づかなかった……。

雫花は秋良の、優しい笑顔を思い出す。彼と、現在最強と謳《うた》われる〝番長〟を結びつけるのは難しい。

――でも、今は……すごく、カッコいい……‼

心臓が早鐘を打っていた。頬が上気し、このまま秋良のことを見続けていたら死んでしまうのではないかと心配になったが、見つめるのをやめられなかった。

カッコいい……！

カッコよすぎる……‼

「番長！　どうしてあなたがこんなところに⁉　っていうか、その制服、何で⁉」

「俺は雫花先輩と同じ学校に通っているからな。で、何だ？　俺におまえらの世界の厳しさを教えてくれるんだっけ？」

秋良は繁に歩み寄り、絶対零度のまなざしで、繁を睨《にら》みつける。

「あ、その、あのぉ……」

繁はその場にひざまずくと、額を地面にこすりつけた。

「すみませんでしたー‼」

あまりにも清々《すがすが》しい土下座だった。

「サイレント・ライオットを仲間にして、俺を倒すつもりだった、と聞いたが？」

「ちょっとした出来心で……！　ほら、ヤンキーはみんな、テッペン目指してるじゃないですか？　んで、サイレント・ライオットの噂《うわさ》を聞いて、仲間にできれば自分もテッペン狙えるかなーと……」

「つまり俺に逆らうつもりだった、と」

「魔が差しただけなんです！　許してください、絶対もうしません‼」

「別にいいんだぞ？　俺はいつでも相手になる。なんだったら、ここで番長の座をかけてタイマン張るか？」

「滅相もない！　秋良さんは自分ごときが敵《かな》う相手じゃないです。たった一日で、日影市を天下統一した方と、正面から戦おうなんて思いません！　自分は秋良さんに従います！」

雫花は驚いた。

──一日⁉　ヤンキーたちがいくら弱いって言ったって、一日⁉　私だって、一年かかったのに……！　秋良くん、私なんかよりめちゃくちゃ強い！

「……まあいい。本当だったら、罰を与えるところだが、雫花先輩はそういう血なまぐさいことは嫌だろうから、許してやる」

「ほ、本当ですか⁉」

ガバッと顔を上げる繁。ほとんど泣き出しそうなくらい喜んでいる。

「ただし、条件がある。おまえに一つ、仕事を頼みたい」

「仕事？」

「ああ。どうも今、日影市には、妙な噂が流れている。ここにいる高崎雫花さんがサイレント・ライオットだ、という噂がな」

「え？　事実なんじゃないですか？」

「事実なものか。ここにいる高崎雫花さんは、サイレント・ライオットと同じ名前で見た目もよく似ているが、別人だ」

　ぽかん、と繁は口を開けた。

「それは、違うのでは……？」

「別人だ。いいな？」

　ギロリ、と秋良《あきら》に睨まれ、繁は縮こまった。

「はい！」

「おまえの仕事は、高崎雫花さんとサイレント・ライオットは別人だ、という情報を日影市中に流すこと。わかったか？」

「わかりました！」

「よし。話は終わりだ。行け」

「へい！」

　ちょうど息を吹き返した部下たちを連れて、繁は脱兎《だっと》のごとく逃げていった。

　雫花は秋良と二人だけになった。

「ありがとう、秋良くん。えっと、その……」

あまりに劇的なことが起こったせいで、雫花は言葉に困った。なんとかお礼だけは言ったものの、次の言葉が出てこない。

「秋良くん、どうして陰キャの振りなんてしてたの……?」

最初に浮かんできた言葉が、これだった。

〝番長〟――この日影市を統《す》べる、最強のヤンキーである。

そんな彼が、わざわざ眼鏡をかけ、陰キャの格好をしていたのには、何か重大な理由があるのではないか、と思ったのだ。

雫花の言葉を聞くと、秋良は苦笑した。

「いえ、違うんですよ。本当に俺、ただの陰キャなんです。番長なのも、隠してたわけじゃなくて、話す友達がいなかっただけで……」

「隠してなかったなら、私には話してくれても良かったじゃない……」

ちょっとしょんぼりする。

秋良にとって、自分は友達でもなんでもなかったのだろうか、と悲しくなる。

「雫花先輩、ヤンキーをやめたって言ってたじゃないですか。だから裏の世界の話なんて、聞きたくないかなって思って」

──や、優しい……！

きゅん、と胸の奥が詰まるような感覚。

だ、ダメだ、呼吸がおかしくなってくる。顔が熱くて、くらくらする。

「それに俺自身、自分をヤンキーだとは思えないんです。番長になったのだって、偶然なんです。中学のとき、カツアゲしてきたヤンキーを返り討ちにしたら、おまえ強いから抗争に参加しろってうるさく言われて……。面倒だったから、ヤンキーたちを全滅させて、番長になりました」

面倒だから全滅させた？　え、さっき一日で統一したって聞いたけれど、面倒だからって、そんな簡単に言い切れちゃうものなの？

嘘《うそ》をついているようには見えない。見栄《みえ》を張っているようにも。

──秋良くん、本当に、めちゃくちゃ強いんだ。私なんかより、ずっと、ずっと……。

「ヤンキー世界のことは基本、部下たちに任せてあります。俺の目が行き届いてなかったせいで、雫花先輩に迷惑かかっちゃって、すみません」

「え？　ううん、それは別に大丈夫だよ」

ぼーっと呆《ほう》けていたから、反応が遅れてしまう。

ドキドキが、止まらない。

ああ、これが、これが……。

「もう安心してください。雫花先輩は、ただの生徒会長です。俺が言えば、そうなるんです」

初めての感覚だった。

そっか、心臓はこんなにも激しく鐘を打ち、顔はほてり、意識が朦朧《もうろう》とするような感じがしてきて……。

一緒にいるのが恥ずかしくて、苦しくて、それでいて、そばにいられるのが嬉《うれ》しくて……。

辺りはぼやけ、ただ一点だけ――その人のことだけが、はっきりと鮮明に視界に取り残され……。

恋に落ちると世界は、こんなにも美しく見えるんだ。

「さて……」

秋良は眼鏡をかけなおし、上げていた前髪を下ろした。

いつもの優しい彼に戻る。

その笑顔を見てまた、心臓がぎゅっとなる。

「帰りましょう、雫花先輩」

「は、はい……」

結婚したい。

この人と。

小暮秋良くんと、私は、結婚したい……！

この人が私の白馬の王子様だ！

どうして戦うとき
眼鏡とるの？
見えなくない？
これ伊達眼鏡なんですよ。
つけると落ち着くから
つけてるだけで…
そうなんだ。
あ、ちょっと
貸してくれない？
かけてみたい！
どうぞどうぞ
ど、どうかな？
はわわ…！
眼鏡美女！
綺麗すぎる！！

第2話　最強コンビとボッチのギャル

1

家に帰って、自室に引っ込んでからも、雫花は気持ちが落ち着かなかった。

学習机の椅子に座って、悶々《もんもん》と、秋良のことばかり考えてしまう。

実は、どうやって家に帰ってきたのか、あんまり覚えていない。

秋良と途中まで一緒に帰って、秋良とは方向が別々になるところで、お別れして……。

「とにかく、秋良くんは優しいだけじゃなくて、強かった。私よりもずっと。そう、秋良くんこそ、私が探していた、白馬の王子様……」

思い出しただけで胸が高鳴ってくる。

「よーし、じゃあ…………何をすればいいの？」

白馬の王子様は見つけた。彼と結婚したい。

で、何をすれば？

「やばい、わからない。え？　結婚ってどうしたらいいの？」

うろたえた雫花はスマホで〝結婚〟について検索した。現代人は、問題にぶつかると、まずは検索する。

「えーっと、〝結婚〟には、事実婚と法律婚の二つがあるが、世間一般で〝結婚〟と言う場合、法律婚を指す場合がほとんど。法律婚をするためには婚姻届を提出する必要がある。なるほどなるほど」

翌日、雫花は日影市役所に赴き、婚姻届をもらってきた。

その神聖な書類の〝妻〟の欄に自分の名前を書き、部屋の壁に貼る。

「これに名前を書いてもらうのが最終目的だね！」

引き続き、雫花はスマホで結婚について学んでいった。

「なになに……気になる男性と出会えたら、積極的に連絡を取ってアプローチしましょう？　結婚を前提にお付き合いしてもらうために、まずは仲良くなりましょう」

そうだよ、結婚する前に、付き合わなきゃ！

「よし、じゃあ告白を……」

……はたと気づく。

いきなり告白なんてして大丈夫？

雫花が秋良とちゃんと話をするようになって、まだ一週間くらいしか経《た》っていない。

秋良は自分を助けてくれたし、嫌われてはいないと思うけれど……。

雫花は慎重になっていた。

小学生のころから、雫花は〝白馬の王子様〟を探し続けてきた。長年探し続けてきて、やっと見つけた、理想の男性……。

失敗したくない。

「焦《あせ》っちゃダメ。私はまだ高校一年生。秋良くんは高校一年生。時間はたっぷりある。じっくり、関係を深めていこう」

まずは好きになってもらうところから始めるのがベストだ、と判断した。

──じゃあどうやったら好きになってもらえるの？

わからなかった。インターネットでも、うまく答えを見つけられない。

雫花は書物に頼ることにした。

お気に入りの漫画を紐解《ひもと》く。

「この漫画、ヒロインが愛されまくるんだよね。こんな風に、強引に愛されたい……！」

読みながら雫花は、男キャラが最初にヒロインに好意を抱くシーンに注目した。

そこで男キャラは言った。

「おもしれえ女……」

雫花は固まる。

いや、待って？　どうやったらこうなるの？　え？　面白いとか言われたことないんですけど⁉

作中で、ヒロインは男キャラに強引にデートに誘われたが、「あなたみたいな人に興味ないから」と言って、デートを断った。

その結果、

「おもしれぇ女」

と言われている。

「え……？　カラオケとか一緒に行かないほうが、よかった……？」

ほいほい誘いに乗った自分は、面白くない女なのだろうか。

絶望した。

「いやいや、違う、違うよ。この男キャラは、ただ、自分になびかない女の子が好きだっただけだよ。うん、きっとそうだよ、そうに決まってる。ってかそうであって！」

でないと、すでに詰んでいることになってしまう。

「よし。まずは、秋良《あきら》くんの好みを調査しよう。それで、秋良くんに合った女の子になって、『おもしれぇ女』だと思ってもらう。うん、それがいい！」

だが、問題が発覚する。

調査するっていってもどうやって？

本人に訊《き》くのはなしだ。恥ずかしすぎるし、ボロが出てしまったらマズい。雫花が秋良に好意を持っていると、気づかれてしまうかもしれない。

雫花は万全の準備をして、告白に臨みたかった。

すぐに雫花の高性能な頭脳が、最高の作戦をはじき出す。

本人に訊けないなら、友達に訊けばいい。

よし、完璧。

明日から調査開始だ。

＊

その日、秋良は妙な視線を感じていた。

だが、後ろを向いても、人はいない。

——いったい誰だ？　僕を尾行するなんて……。

番長という立場上、自分を倒してテッペンを獲《と》ろうとしている人間はごまんといる。狙われていてもおかしくはない、のだが……。

――この格好のときに狙われるのは珍しいな。

朝の登校時。

秋良は当然、眼鏡をかけた陰キャモードである。この格好の利点は、生来の影の薄さとも相まって、まったく番長っぽく見えないところ。

もし番長モードで学校へ行こうものなら、道を歩いているヤンキーから挨拶されたり、学校では真面目な生徒だが、オフのときはヤンキーな生徒から挨拶されたり、あるいは命を狙われたりと、大変な目に遭ってしまう。陰キャモードは、番長などという面倒な役職の面倒さ加減を抑えてくれる。

だから、番長として狙われている可能性は低いと思うのだが……そう考えると今度は、陰キャの自分を追いかけるような人間に心当たりがない。

結局、登校中は尾行者が何者か判別できずに学校に着いた。そこで尾行者の気配は消えた。

次に視線を感じたのは、一限目の休み時間だった。

特に移動教室ではなかったので、秋良は教科書とノートを次の授業のものに変更し、ぼんやり窓の外を眺めていた。

そのとき、ピシッと首筋に視線を感じた。

すぐに振り返る愚は犯さなかった。

どうやら尾行者は教室の戸の隙間から秋良を見つめているようだ。そこで秋良は、振り返るのではなく、窓に映っている尾行者を見るという方法を選んだ。

——え？　雫花先輩？

秋良が気づいた瞬間、雫花は顔を引っ込めた。すぐに秋良の作戦に気づいたようだった。

朝の尾行も、雫花の仕業だと考えると、納得がいった。歴戦のヤンキーとして、雫花も尾行術を修めているのだろう。気配の消し方、距離の取り方など、完璧だった。

今回に関しては、尾行の正確さを捨ててでも確認したかったことがあったのだろう。

いったい、その意図とは？

「…………」

雫花は、二限目の休み時間にも、三限目の休み時間にも……それから昼休みにも現れた。

秋良は気配で気づいていたが、あえて気づかない振りをした。すると雫花は堂々と、秋良の観察を続けた。

その日一日、雫花による尾行は続いた。

＊

雫花は自室で一人、悩んでいた。

燦然《さんぜん》と輝く、自分の名前だけが記入された婚姻届の前で——。

雫花は秋良を一日尾行した結果、知った事実に絶望中であった。

——秋良くん、本当に、友達がいない！

秋良は一日、誰とも喋《しゃべ》らなかった。授業で指名されたときを除いたら、一言も発しなかったのではないだろうか。

秋良が自分をボッチと呼ぶのは、誇張表現じゃないようだった。

これでは秋良の友人から情報を得るのは不可能に近い。

「仕方ない、本人に直接訊こう。好みがわからないと、いろいろ困っちゃうし……」

＊

「失礼しまーす」

「いらっしゃい、秋良くん！」

雫花による尾行があった翌日、秋良は放課後、雫花から生徒会室に来るように言われた。

秋良は緊張していた。昨日の尾行と、何か関係があるのだろうか？

「ごめんね〜。ちょっと訊きたいことがあって。ホントは私から、秋良くんのクラスに出向くべきだったんだけど」

「いえいえ、全然大丈夫ですよ。それで、訊きたいことって何です？」

「うーんとね。これは生徒会の仕事の一環なんだけど……女性の好みについて訊きたいの」

「？」

秋良は首をかしげた。

まったく状況が読めない。

「じ、実は、生徒会として、ある女の子の恋愛相談を受けてて……彼氏が欲しいから、男性に好かれる女性を目指したいんだって。そこで、何人かにサンプルとしてインタビューしてるの！」

「なるほど。あ、もしかして、昨日僕を尾行してたのも、それが目的ですか？」

「!?　気づいてたの!?」

「さすが番長……私、きちんと気配は消せるほうなんだけど」

「まあ、一応」

「職業病みたいなもんです」

「き、昨日は、秋良くんがどんな子に話しかけるのかなーってのを見たかったの」

「すみません、誰にも話しかけなくて。僕、友達いないんですよ……」

雫花の意図を知り、秋良はちょっと申し訳ない気持ちになる。

「ってか、僕みたいな陰キャの好みなんて聞く必要、ありますか？　絶対、恋愛対象にはならないと思うんですけど」

「大アリだよ！　世の中に絶対なんてない！　秋良くんを狙ってる女の子、絶対いるから！」

「いやいやそんなはずないですよ～」

雫花の顔は真面目そのものだったが、秋良は笑ってしまった。

自分は雫花を除いたら友達ゼロ人。誰かに好かれて恋人ができるなんて、まったく考えられない。

「とにかく、こういう調査はサンプルの数が大事だから、教えてくれると嬉《うれ》しいな」

上目遣いでお願いされて、心臓が止まりそうになる。可愛《かわい》すぎか、雫花先輩。ちょっとした仕草の破壊力がおかしい。

喋る分にはタダだし、何かしら役に立つなら頑張りたいので、秋良は答えることにした。

「えーっと、そうですね。僕の好みの人は、優しくて、頭がよくて……」

「ふむふむ、優しくて、頭がよくて？」

雫花は手帳にメモを取りながらうなずき、先を促す。

「生徒会長をしてるんだけど、実はすごく強くて……」

「せ、生徒会長をしてるんだけど、す、すごく、強い……!?」

雫花は目を丸くし、顔を赤くした。やや呼吸が乱れているようにも見える。どうしたのだろう？

「えーっと、外見はどんな感じ？」

「そうですね。髪は長くて、艶《つや》やかな感じで、身長は、女性にしてはちょっと高め、かな？　普段は穏やかで可愛らしいんですけど、真剣な時はキリッと鋭い感じで、この辺のギャップが魅力的ですね」

「え？　それって……え？　え？　もしかして、私……？」

最後のほう、めちゃくちゃ声が小さかったので、秋良は聞き逃した。

「もしかして、何です？」

「いや、だから、ほら……ど、どうしよう、そんな……もうっ、秋良《あきら》くんったら」

雫花は顔を赤くしたまま視線を泳がせつつ、自分の髪をなでて整えたりと挙動が不審だった。ときどきチラッと、秋良と視線を合わせたかと思うと、すぐに逸《そ》らす、を繰り返している。

「で、でも、そっか、秋良くん……ふぅん、そうなんだぁ」

何やら嬉しそうな雫花を見ていて、秋良は悲しくなってきた。

秋良の思い浮かべた女性の運命を、い、い、思い出して。

「でも、その人、めちゃくちゃ不幸なんですよ」

「え？　不幸？」

「はい。すごく貧乏な生まれで、けど実力でのし上がってきたのに……仲間に裏切られて、後ろから刺されちゃって」

「刺される⁉」

「あれは死んだかと思いましたね。だから終盤、主人公たちのピンチのときに現れた場面では、『生きてたー！』って大喜びで叫びました！」

「待って。秋良くん、それって、もしかして、アニメのキャラ？」

「そうですよ。この間のカラオケでも歌ったあれです」

どういうわけか雫花はがっくりと肩を落とした。

「そっか、そうだよね、ははは……」

自分が何かヘマをやらかしたらしいとわかったが、何をやってしまったのかわからず、秋良はうろたえる。

「違うよ！　アニメのキャラじゃなくて現実の女の子の好みを訊《き》いてるんだよ！」

復活した雫花が鋭くツッコミを入れる。

秋良はさらにうろたえた。

「げ、現実の女性、ですか……⁉」

困った。

現実の女性の好みなんて、考えたこともない。

「わからないです……すみません。僕、雫花先輩と知り合うまでは友達ゼロで、現実の女性を恋愛的な目で見たことなんてなくて」

自分で言っていてあまりに情けなく、なんだか泣けてきた。

「あああ、ごめんごめん、泣かないで！　私が悪かったから！　じゃあ、そうだなぁ」

雫花はカバンをごそごそと漁《あさ》ると、雑誌を一冊出した。十代の女性がターゲットのファッション雑誌のようだった。

「この三人の中だと、誰が好み？」

雫花が開いたページには、見開きいっぱいで、三人の異なるタイプの女性が載っていた。

左が、ゆるふわ系の美女。茶色の髪にゆるふわなパーマをかけている。服装は、トップスがニットのセーターで、ボトムスがチェックのロングスカート。柔らかな雰囲気だ。

真ん中はクール系。赤系のショートカットのボブで、きりりとした印象の顔立ち。服装はTシャツとデニムのショートパンツという、ちょっとボーイッシュなセレクトだ。

最後の右は、正統派美女といった印象。黒髪のロングストレートに、白系のワンピースという、王道パターン。

だが……

「みんな綺麗《きれい》ですね。でも、この中には好みの人、いないです」

「ええ⁉　もしかして秋良くん、理想がすごく高いタイプ⁉」

「いえ、みんな美人だと思いますよ？　ただ、何だろ、好きとはちょっと違うというか……」

「じゃあどういう子が好きなの？」

また最初の質問に戻ってしまう。

——強いて言えば、現実の女性だったら雫花先輩みたいな人が好きだなって思うんだけど、そんなこと言っちゃダメだよな、たぶん……。

陰キャから突然告白されても雫花は困ってしまうだろう。それに、この関係も壊したくない。だから秋良は黙っていた。

「うーん、わかった。わからないものを無理に訊くのも、なんか違うよね。ありがと、参考になったよ！」

雫花は残念そうだったが、最後には笑ってくれた。

雫花先輩は優しいなぁ、と思う秋良である。

＊

秋良が去った生徒会室で、雫花は顔を真っ赤にして机に突っ伏していた。

「まさかアニメのキャラだったなんて……！　う〜〜〜、勘違い恥ずかしい‼」

ぬか喜びした自分を殴りたかった。

「でも、好みの女性がいないってことは、まだ好きな人もいないんだよね？　うん、私にもチャンス大アリだね！」

圧倒的ポジティブシンキング。元番長は常に前を向いて歩く。

しかし、問題は解決していない。

「う～ん、これからどうしたらいいんだろう？　単純に、好かれるように頑張れって話なのかな？」

いったいどうやったら「おもしれえ女」だと思ってもらえるんだろう？

まったく手がかりらしきものがなくて、途方に暮れてしまう。

「秋良くんのために、何かしてあげられることないかなー？」

そこでふと、雫花の頭に、昼休み、一人ぼっちで菓子パンを頬張る秋良の姿が浮かんだ。

「……秋良くん、一人暮らし状態だって言ってたな。もしかして、お弁当作ってないのかも？　購買のパンを買ってたもんね」

お弁当を作ってあげたら、喜んでくれるのではないか。

そうだよ。男を落とすなら胃袋を摑《つか》め、って言うし。

「たとえば、めちゃめちゃおいしいお弁当を作るでしょ？　そしたら秋良くんは……」

「すごくおいしいです、雫花先輩！　きっといいお嫁さんになりますね」

雫花の妄想の中で、二割くらいイケメン化された秋良（陰キャモード）が、微笑《ほほえ》みながら言った。

「きゃあああ～」

机をバンバン叩《たた》きながら雫花は頭を振った。

「そ、そしたら私は……」

「じゃ、じゃあさ、私を、秋良くんのお嫁さんにしてくれる……？」

キラキラと、やはり二割増しくらいに美化された雫花が、頬を染めつつあざとく訊いた。

「やばい！　これは……うまく行けば自然と告白する流れになってカップル成立するかも！　よし、腕によりをかけて作ろう！」

幸い、雫花は基本的に高スペックである。料理くらいお手の物だ。

豪華になりすぎず、とはいえ、十代の男子が好きそうなものをきちんと取りそろえた、絶妙なお弁当を作り、雫花は翌日、学校へと向かった。

＊

秋良が昇降口に着くと、雫花が待っていた。

「雫花先輩、おはようございます」

「おはよう、秋良くん。ちょっと頼みがあって。いつもいつも申し訳ないんだけど……」

「全然大丈夫ですよ。何ですか？」

「あのね、勢い余ってお弁当作りすぎちゃったから……お昼、一緒に食べてくれない？」

「え⁉　いいんですか⁉」

秋良は胸が躍った。

学校で友達とお昼を食べるのは初めてだ。嬉《うれ》しすぎる。加えて、相手は雫花。楽しいに決まっている。しかも雫花の手作り……幸福とはこのことを言うのではないか。

「いいも何も、私が頼んでるんだよ。ね？　お願い！」

「もちろんです！　どこで食べます？」

「そうだなー、屋上にしようか」

「了解しました！」

昼休み――。
ベンチに並んで座り、秋良は雫花から受け取った弁当を開けた。

「うわー、すごい綺麗ですね」

中に入っていたのは、ハンバーグ、タコさんウィンナー、玉子焼きという、ザ・お弁当という感じのおかず。どれも秋良の好きな料理ばかりだった。

「こんなに完璧なお弁当、けっこう大変だったんじゃないですか？」

「ま、まあ、料理はけっこう、得意なんだ。花嫁修業的な意味で、お料理は大事でしょ？」

秋良は感心する。

自分より強い男と結婚したいという雫花。相手に高い理想を求めるだけでなく、きちんと自分も磨いている。やっぱり雫花は尊敬できる。

「雫花先輩、きっといいお嫁さんになるだろうな……」

それは思わず出た言葉だった。

言ってから、何言ってんだ自分、と焦《あせ》る。

「え？　そ、そうかな……」

見ると雫花が照れまくっていた。

「私、いいお嫁さんに、なれるかなぁ」

その照れ顔が可愛《かわい》すぎて、秋良はさらに焦った。

焦って手元が狂い、箸を落としてしまう。

「「あ！」」

二人は同時に、床に転がった箸に手を伸ばした。

そのせいで、ありえないほどの至近距離に、二人の顔が近づいてしまった。

――うわっ、近！

と秋良《あきら》は思った。

顔を離そうと思ったのだが、雫花は顔を離さない。切なそうな顔で、秋良のほうを見ているだけ。

キスの間合いだった。

ありえないと、わかっていた。わかっていたけれど、雫花は顔を離さない。秋良も自分からは離さなかった。

膠着《こうちゃく》状態。

あろうことか、雫花は目をぎゅっとつぶった。

私、いいお嫁さんに、なれるかなぁ。

という雫花の言葉が頭の中を反響している。

――バカ、ありえないぞ。雫花先輩が僕と結婚したいなんて……そんなことは絶対ない。

ないんだけど……。

じゃあどうしてこの状態で雫花先輩は固まっているんだ？

どうして目を閉じているんだ？

僕は、どうしたら……！


「えー、先客がいるじゃん、さいあくー」

秋良と雫花は光の速さで顔を離し、椅子の上に座りなおした。

屋上の入り口に、コンビニの袋を下げたギャルが立っていた。

「み、美藍《みらん》さん⁉　どうしたんですか、こんなところで……」

秋良は問いかけた。

彼女の名前は松田《まつだ》美藍。秋良と同じ一年E組の生徒だ。

脱色した髪と、気の強そうな吊り目がトレードマークの彼女は、〝ギャル〟という言葉がぴったりの容姿だった。制服は、五月にしてすでにブレザーを脱ぎ捨てている。

学校指定外のカーディガンを、着るのではなく腰に巻いていて、スカートも短く、ソックスもこれまた学校指定外。ワイシャツの胸元を大きく開けて、リボンの結び方もだらしない。

ただ、それらの絶妙な着崩しが洒落《しゃれ》ていて、美しい顔とモデルのようなプロポーションも相まって、煌《きら》びやかな美女といった趣だった。

「お昼食べようと思って来たんだよ」

美藍は手に持っていたコンビニの袋を持ち上げた。

「でも先客《カップル》がいるんじゃ、邪魔しちゃ悪いしなぁ」

「「カップル⁉」」

秋良と雫花は同時に顔を赤くした。

「それにしても……へぇ、生徒会長と陰キャが、ねぇ。生徒会長、こんな陰キャのどこがいいわけ？」

「む」

雫花の表情が明らかに険しくなった。

「秋良くんはね、すっごくカッコいいんだよ⁉」

――え⁉　僕がカッコいい⁉

「この陰キャが？　カッコいい？　それマジで言ってんの？」

美藍は洋画のキャラのように大袈裟《おおげさ》な身振りで言うと、ケタケタ笑い出した。秋良も同

感だった。

「こーんな存在感ゼロの陰キャがカッコいいだなんて、会長、おもしろすぎ～。お笑い芸人になれるよ！」

「むむむ！　秋良くんはいつも周りを立ててるから目立たないけどね、本気出したら凄《すご》いんだから！」

「はいはい、ご馳走様《ちそうさま》。邪魔者は消えますよーっと」

美藍はぜんぜん雫花に取り合わず、去っていった。

「まったく、美藍さんったら失礼なんだから。秋良くん、番長で、カッコいいのに……」

――なんだ、そういう意味か。

秋良は納得した。実際、自分は番長だから、ヤンキー世界ではカッコいいのかもしれない。きっと雫花は優しいから、美藍に貶《けな》された秋良をフォローしてくれたんだろう。

「まあ僕、普通にしてたらただの陰キャなんで、仕方ないですよ。僕が番長なんて、絶対信じてもらえないです」

「たしかに、私も気づけなかったくらいだからね……。じゃあさ、眼鏡を取って、髪を上げて学校に来たら？　そしたら、みんな秋良くんがカッコいいってわかるよ！」

「あんまり番長っぽい態度は性に合わないんですよ。きっと生粋の陰キャなんでしょうね。

目立つのは得意じゃないんで、このままでいいです」

「むー、納得いかないけど、秋良くんがいいなら、まあいいか……」

「僕は十分幸せです。雫花先輩にお弁当まで作ってもらえて」

「そ、そっか、ありがと」

嬉しそうに雫花が微笑《ほほえ》んだので、秋良の心も温かくなった。

「あ、箸落ちちゃったから、洗ってきます」

秋良は席を立った。


「ご馳走様でした」

「はい、お粗末様でした」

お弁当を平らげたあと、昼休みはまだ残っていたので、秋良と雫花は自然と雑談した。

話題は、美藍についてだった。

「そういえばさ、美藍さん、復学したんだね」

雫花が言った。

「はい。今週から復帰しました」

美藍は先月末、校内で暴力事件を起こして停学になっていたのだ。美藍は、一年E組の学級委員長の酒井輝《さかいひかる》を殴ったらしい。

最初、美藍は殴ってないと主張していたのだが、目撃証言もあったため、輝が被害者だと学校側は判断し、美藍は停学になっていた。

「ともかく、元気そうでよかった」

雫花が言った。

秋良も、思ったより美藍がいつも通りな感じで安心した。けれど、心配がなくなったわけではない。

「元気かもしれませんが、クラスではだいぶ浮いちゃってます。美藍さんが、輝くんを殴ったのを否定したのが、評判悪かったみたいで……」

「え？　美藍さんは殴ってないって言ってたの？」

雫花は、この件については初耳だったみたいだ。

「はい。ただ、目撃者がいたのと、そもそも輝くんのほうが、何て言うんですか……優等生だったから、みんな、輝くんの主張を信じたんです」

すらりとした長身に甘いマスクという、男子にも女子にもウケる容姿を持った輝は、入学してわずか一か月足らずのうちに、教師と生徒の両方から絶大な信頼を勝ち得ていた。

入学早々、学級委員長に立候補。四月の半ばには、クラス内で起こりつつあったいじめを止め、学級委員としての実力を校内に知らしめた。さらに入学直後に行われた実力テストでは学年三位の成績と、人望はうなぎのぼり。

対する美藍は、見た目がギャルで不良っぽい。実力テストの成績も、学年で二五〇位。一年生は全部で二八〇人しかいないので、下から数えたほうが圧倒的に早い。優等生の輝の発言のほうに説得力を感じる人間が、どうしても多かった。

「そっか……。でもさ、美藍さんって、誰かを殴るような子には見えないよね？　美化委員会と一緒に仕事をしたとき、一回だけ話したことあるだけだから、私の印象なんて当てにならないかもしれないけど……」

「雫花先輩もそう思います？　僕も、美藍さんが悪い人とは思えないんですよね」

秋良としては、何か事情があるような気がしていたので、美藍の言い分も聞いたほうがいいんじゃないかと思っていた。酒井輝に関しては、一つ気になっていることがある。美藍が一方的に悪いとは思えなかった。

実際、秋良はクラスでそう発言したのだが、陰キャの話を聞く生徒はぜんぜんいなかった。

「とはいえ、輝くんが嘘《うそ》をついているとも思えないよね。二年生の間でも評判になるくらいの優等生だし。もし、何か誤解があるんなら、解いてあげたいなぁ。独りぼっちは、やっぱり寂しいよ」

「雫花先輩、優しいんですね。後輩の心配までして」

思わず、秋良《あきら》は言う。

「生徒会長なんだから当たり前だよ。生徒のみんなが、楽しく幸せに学校生活を送れるように頑張るのが仕事だもん」

本当に、心配そうな顔をして言う。

「よし、決めた。私、ちょっと調べてみる」

――雫花先輩……やっぱり優しいですよ。友達ゼロだった陰キャの僕にも、手を差し伸べてくれたんだから……。

秋良は思った。雫花の役に立ちたい、と。

お弁当を作ってもらった。一緒にいてもらった。その感謝の気持ちを表すためにも、彼女の希望を叶《かな》えてあげたい。

「雫花先輩。僕も調べてみます」

「秋良くんが？　でも……危ないよ？」

いじめられっ子をかばうようなことをしたら、秋良が標的になるかもしれない、と言いたいのだろう。

「雫花先輩のお手伝いがしたいんです。それに、雫花先輩が言った通り、何か誤解があるなら、解くべきだと思いますし」

「そっか。ありがと。じゃあまずお互い、いろいろ調べてみよう」

「はい！」

こうして、二人の調査が始まった。

2

次の月曜日。秋良は意識して、美藍の様子を観察した。

まず、朝の登校中……。

「おーい止まれよー、もう！」

「悪いねぇ」

「おばあちゃんが悪いんじゃないよ。悪いのは車！」

信号のない横断歩道で、美藍と、大きな荷物を持った年配の女性が話をしているのを目撃した。

美藍は手を伸ばし、車に存在をアピールしている。

が、車は無慈悲に通り過ぎるばかりだ。

「ったく、教習所で横断歩道に歩行者がいるときは止まらなきゃダメって習わなかったのかよ！　あ、重いよね。持ってるよ」

「悪いねぇ」

「だから悪くないって。まったく車ども。こーんな可愛いギャルが手を挙げてるってのに、どうして止まらないんだか……お、やっと止まってくれた。さ、行こう」

美藍はおばあちゃんを先導して、横断歩道を渡っていく。

向こう側に行くと、二人は笑顔で別れた。


その日の昼休み。

教室の後ろのゴミ箱がパンパンになっていた。

誰も、それを片づける様子はない。

と、昼食を終えたと思《おぼ》しき美藍が、教室に入ってきた。誰も話しかける者はいない。

ちょっと寂しげに、美藍は教室を見回し、ゴミ箱の惨状に気づいた。

彼女は美化委員である。けれど美化委員だからといって、ゴミ箱のゴミを毎回、片づけるのが仕事というわけではない。ゴミの片づけは、掃除当番の仕事だ。この惨状は、昨日の掃除当番がゴミ捨てをサボったから起こったのだと思われる。

美藍はまっすぐゴミ箱に向かうと、袋を引っ張り出し、きっちり口をふさいだ。棚から新しいゴミ袋を出して、ゴミ箱に設置し、そのまま、パンパンのゴミ袋を持って教室を出ていった。

秋良は、美藍のあとをついていった。まだ昼休みは終わっていなかったし、ゴミ捨て場で二人きりになれたら、ちょっと話を聞けるかも、と思ったからだ。

だが、美藍がゴミを捨てていると、彼女に声をかける者がいた。

「一人ぼっちでゴミ捨てとは、惨《みじ》めだなぁ」

輝だった。

秋良は慌てて建物の陰に身を隠した。

「ゴミ捨てするのに群れる必要なんかないだろ。まあ、あんたみたいなやつは、手下と一緒じゃないと歯も磨けないのかもしれないけどね」

美藍はキッと輝を睨《にら》みつけた。

「今は一人だよ」

「へぇ、一人で女の子に声かけられるくらいには肝が据わってるんだ。意外」

美藍の言葉は挑発的だったが、声が微妙に震えている。

明らかに輝を怖がっている、と秋良にはわかった。

そしておそらく、輝にも伝わっている。

「逢引《あいび》きに友達を連れてくるやつはいないだろう」

にやり、と笑う輝の表情は、クラスのみんなが知っている甘いマスクではなかった。

嗜虐《しぎゃく》心に満《み》ち溢《あふ》れた、暗い笑顔。

「考えてくれたか？」

「………………」

質問に対して、美藍はそっぽを向いて答えた。

「……卑怯《ひきょう》者は嫌いだ」

「辛《つら》いだろう？　でもおまえがいけないんだ。俺の言うことを聞かないから」

「おいおい、力のある者って言ってほしいな。ずっと一人ぼっちでいいのか？　寂しいぞ、一人は。それに、このままだと取り返しのつかないことになる。高校三年間、いじめられて終わりたくはないだろ？」

「!?　何するつもりだ!?」

「俺は何もしないよ。ただ、俺を慕っている有志の、やつが、何をしでかすかはわからないなぁ。おまえが折れないなら、彼らはちょっと残酷な真似《まね》をするかもしれない」

「どこまで汚いんだよ！」

「別に、ちゃんと和解の道は残してあげてるだろ？　それを汚いとか……おまえこそ何様のつもりだ」

輝は美藍に近づき、そっと頬を撫《な》でた。

美藍は抵抗せず、されるがままになっている。

美藍の怯《おび》えた様子を見て、輝は満足そうにうなずいた。

「簡単じゃないか。首を縦に振ればいい」

優しい声。恋人が囁《ささや》くような、甘い声音だった。それこそ、クラスの女子生徒たちだったら、トロリと蕩《とろ》けてしまうような、甘い甘い囁き。

だが美藍は、嫌そうに顔をしかめ、ぎゅっと目をつぶっている。

「いい返事を待ってる」

輝は、ポンッと、美藍の頭に手を置き、去っていった。

「……ちくしょう」

美藍は悔しそうにつぶやいた。

——美藍さんと輝くん……二人の間に、何かあったみたいだ。

二人の様子を見て、秋良は思った。

美藍の言っていた〝手下〟という言葉も気になる。

とにかく、被害者は美藍のほうである可能性が高い、と秋良は考えた。

＊

同じ日の昼休み。

雫花のほうも美藍についての調査を進めていた。

話によると、一年E組で、美藍は孤立してしまっているようだった。その状態だと、一年E組の生徒からは、美藍に関して正確な情報が得られない。

クラス外の生徒から話を聞く必要がある。

まず話を聞きにいったのは、一年A組。中学校が美藍と同じだった子がいると聞いていたからだ。

真面目そうな子で、ギャルっぽくはなかった。

「美藍ちゃんについて、ですか？　いい子ですよ」

開口一番、彼女はそう言って笑った。

「中学のときから派手な格好をしてたので、先生たちからの評判はすこぶる悪かったですけど、クラスのみんなは美藍ちゃんが大好きでした。ノリがよくて、誰に対しても優しくて。あと、強い。ちょっとパワハラっぽい感じの先生っているじゃないですか？　そういう先生相手に、『子供に暴言吐いて恥ずかしくないのかジジイ！』って言い返したりして……」

「美藍さんらしいね」

雫花は思わず笑ってしまった。

「一Ｅの話は聞いてます。私は、美藍ちゃんが理由もなく誰かを殴るとは思えません。先生にも言ったけど、ぜんぜん信じてくれなくて。そりゃ、授業態度はあんまりよくないし、成績も悪いけど、いい授業をする先生の授業はちゃんと聞くんです。中学のときはリトマス試験紙とか言われてましたよ。面白い授業のときだけ起きてるから」

次に話しにいったのは、雫花のクラスのギャルだ。日影高校にはギャルのネットワークが張られており、美藍もそのネットワークと繋《つな》がっている。

「あ〜、美藍ねぇ。なんか大変なことになってるっぽいね？」

「そうなんだよ。どうにかできないかなーって思ってて……」

「まあ十中八九、悪いのは輝《ひかる》のほうだろうね」

「そうなの？」

「うん。美藍は卑怯なことが大嫌いだから、殴ったなら殴ったって言うと思う。言ったうえで、自分がなんで殴ったのか説明するね。殴ってないって言ってたなら、殴ってないんだよ」

「なるほど」


最後は、美化委員の生徒が雫花のクラスにいたので、その人に訊《き》いた。

国場剛志という名前の生徒で、美化委員の委員長をしている。物静かで、とても品のよい少年だ。実際、資産家の息子らしく、育ちがいいのだろう。校内の美化を推進する美化委員会にぴったりの雰囲気を持った人である。

「国場くん、あのさ、松田美藍さんって知ってるよね？」

「もちろん。美化委員会で一緒だからね」

「あの子が一Ｅの学級委員長を殴ったせいで停学になった話って、聞いてる？」

「うん、大変そうだよね。彼女、いったい何をされたんだろう？」

「？　何をされたって、どういう意味？」

「だって、彼女が誰かを殴るなんてよっぽどだよ。殴るのは良くないけど、殴られたほうが悪いんじゃないの、と僕は思った」

「やっぱり国場くんも、美藍さんが理由なく誰かを殴るとは思えない？」

「ああ。たしかに派手な見た目だけど、優しい子だと思う。よく気がつくし、常に周りに気を配って動いてる子だもん」

「私は、実は美藍さんは殴ってないんじゃないかなって思ってる」

「なるほど、ありうる話だよ。はめられたのかもね。実は酒井輝くんには、ちょっと悪い噂《うわさ》があるんだ。なんか、ヤバイ手下がいるらしい。ヤンキーっぽい感じのやつ」

「え⁉　優等生の輝くんに限って、そんなこと……」

「わかるよ。ただ、まあ、美藍さんがハブられたって聞くと、もしかしたらって、思うね。輝くんが実は悪いやつで、全部彼の策略なんじゃないかって」

雫花は腕を組んで考えた。

美藍の人柄を知っている人だったら、彼女が理由なく誰かを殴るとは思えない、と答える。それに加えて、輝には、悪い噂があって……。

「美藍さんを、助けたいのかな？」

国場に訊かれ、雫花は小さくうなずいた。

「何か誤解があるなら、解いてあげたいなって、思ってる」

「僕にできることがあったら言ってね？　力になりたい。雫花さんにはお世話になったから」

国場は一年生のとき、ちょっとしたいじめに遭っていた。雫花がその仲裁に入ったおかげで難を逃れたのを、未《いま》だに感謝してくれているようだった。

「ありがとう。美藍さんについて、もしかしたら、また何か訊くかも」

「うん、何でも訊いてね」

昼休みが終わりに近づいていたので、雫花は国場から離れ、自分の席に戻った。

——けっこういろいろ、わかってきた気がする。秋良《あきら》くんのほうは、どんな調子かな。

ぼんやり教室内を眺めながら、雫花は秋良に想《おも》いを馳《は》せる。

3

そのころ秋良は、ちょうど自分の教室に戻ってきたところだった。

足を踏み入れた途端、異様な光景を目にし、眉をひそめた。

昼休みが終わりに近づき、教室には多くの生徒が戻ってきていたにもかかわらず、美藍の机の周りだけ、ぽっかりと穴が開いたように人がいなかった。

美藍がただ一人、呆然《ぼうぜん》とした様子で、机を見下ろしているだけ。

落書きされていた。おそらく、油性のペン。

美藍がキッと顔をあげる。

さっと、クラスメイトたちが、目を逸《そ》らした。

今朝までは、単なるハブりだった。それが今、いじめへと昇格した。

ただ、やりすぎ感も出ている。クラスメイトたちも困惑しているようだ。

だが、誰も言い出せない。

誰がいじめているのかはわからないが、陰湿ないじめが始まっている。首を突っ込んだら、自分が標的にされるかもしれない以上、わざわざ危険な橋を渡る必要はない。

美藍はカバンから瓶を取り出した。瓶に入っている液体をティッシュに含ませて、机の上を拭くと、落書きはみるみる消えていった。瓶の中身はおそらく、除光液だろう。

何食わぬ顔で消しているけれど、秋良にはわかった。

わざわざ除光液を持ってきたのだ。何か起こるだろうという確信があったに違いない。

少しずつ確実に、美藍は追い詰められている。

次の授業は、英語だった。オーラルコミュニケーションの授業。

「じゃあ適当にペア作って、教えた構文で会話してみて～」

担当の若い男性教師が、雑な振りでペアワークを指示する。

クラスメイトたちは大喜びで、友達とペアを組んでいった。

当然のように、美藍はあぶれていた。

まあそうなるよね、という感じで美藍は椅子に座ったまま背もたれに寄りかかり、足を組んでいる。もはや授業に参加する気がないようだった。

先生のほうも注意する様子はない。自主性に任せていると言えば聞こえはいいが、要するにあまりやる気のない先生なのだ。

秋良は自分の席から立ち上がり、美藍のところまで歩いていった。

「美藍さん、ペア組みましょう」

「……マジで言ってるの？」

眉をひそめる美藍。

「え？　僕、何か変なこと言いました？」

「だって、アタシとペアなんか組んで大丈夫なのか？」

美藍は教室のほうに視線を飛ばす。

ひそひそと、クラスメイトたちがこっちを見て話している。喧騒《けんそう》で聞こえないが、きっと、「うわー、陰キャが行ったよー。何考えてんだろ」とか言っているのだろう。

でも秋良は笑顔だった。

「そもそも僕、このままだと、あぶれちゃうんですよ。誰からも声かけてもらえなかったんで。だからペアを組んでくれたら嬉《うれ》しいです」

美藍の眉はもとの位置に戻った。

最初は不思議そうな顔、続いて、ちょっと嬉しそうな、泣きそうな顔をしたあと……。

「ったく、バカなんだから」

憎まれ口を叩《たた》きつつ、視線を逸らした。

4

その日の帰り道。

秋良は背後に気配を感じた。

——来たか。

と、思う。

秋良はあからさまに美藍と仲良くしていた。それをよしとしない人間が出てくるのは、容易に予想できた。

敵は一人だ。秋良のことをナメているんだろう。

好都合だった。

通学路で襲う気はないようで、秋良の跡をつけているだけだ。

秋良はそのまま、人気《ひとけ》の少ない路地に入った。

「待てよ」

呼び止められる。

振り返ると、男が立っていた。日影高校の制服を着ている。クラスメイトではない。

「何の用ですか？」

「わかってんだろ。おまえは松田美藍と仲良くしてる。だからボコす。けど、美藍を裏切るなら、痛い目を見ないで済むぞ？」

「断ったら？」

「こうなる！」

男が駆け出した。右手を大きく振りかぶって、ストレートを出してくる。見事なテレフォンパンチ。よけるのは余裕だった。

「は？」

驚いている男の足を払うと、

「わっ」

男はなすすべもなく、仰向けに倒れた。

男の顔面を思いっきり踏みつける感じで、秋良は足を振り上げ、鼻先ぎりぎりのところで止めた。

「頼みがあります。僕のことはボコボコにできた、と輝《ひかる》くんに伝えてください」

「な、なんで、輝さんの話が出るんだよ」

「あれ？　輝くんの手下じゃないんですか？　じゃ、ボコしてもいいかな……」

秋良は足をすこーしだけ、鼻先に近づけた。

男が半泣きになる。

「や、やめてくれ！　俺はただ輝さんに命令されただけなんだ！」

「じゃ、頼みを聞いてください」

「わ、わかった」

「それと、いくつか確認させてください。美藍さんに嫌がらせをしたのも、あなたで間違いないですか？　ほら、あの机の落書き」

「あ、あれは俺じゃない！　別のやつだ！」

「つまり、輝くんは、学校内に手下を複数飼っていて、彼らに悪さをさせている、と……」

男は答えないが、それは肯定しているのと同じだ。

秋良は男を引き起こし、胸倉を摑《つか》んだ。

「輝くんって妙に評判がいいんですよね。ここにもからくりがあるんじゃないですか？」

「…………」

「言ったほうが、身のためですよ？　言ってくれれば、あなたは輝くんに、小暮秋良をボコしたって報告できるんですから」

「……輝さんの評判は、俺たちがSNSを使ったり、先生たちに言ったりして作り上げたものだ。いじめを解決したのだって、八百長《やおちょう》だよ。いじめを始めようとしたのも、やられそうになったのも、輝さんの手下だ。成績がいいのも、実力テストの問題を、俺たちが盗んで、あいつに渡したんだ」

「好き放題してるんですね」

胸倉を摑んだまま、ぐっと、男の体を引き上げる。

「し、仕方なかったんだ！　あいつ、喧嘩《けんか》がめちゃくちゃ強くて、逆らったら半殺しにされるんだよ。何人か見せしめにやられた。逆らえないんだ！」

「めちゃくちゃ強い、ですか……！　なるほど」

「も、もういいだろ？　許してくれよ！　あと、輝さんには言わないでくれるんだよな……？」

「ええ、大丈夫です」

秋良は男を解放した。

男は一目散に逃げていった。

——輝くんの正体がわかってきたな。やっぱりあいつ、元ヤンだ。

秋良は結論づけた。

そして美藍は、輝の毒牙《どくが》にかかってしまったのだ。


自宅に戻った秋良は、雫花に通話を入れた。

美藍に関する調査の報告をするためだ。

《もしもし、秋良くん？》

「雫花先輩。お忙しいとこ、すみません。美藍さんについて、いろいろわかったので、共有します」

《私もその話したかった！》

「ちょうどよかったですね。今日、輝くんの手下に襲われました」
《え⁉　大丈夫だった⁉　……って、大丈夫に決まってるか。むしろ手下のほうを心配したほうがいいかも》
「手下は無傷ですよ。代わりに、情報を引き出せました。美藍さん、輝くんに陥《おとしい》れられたみたいです。輝くんは手下を使って、学校内での地位を不当に上げているようです。そのせいで、誰も美藍さんの発言を信じてくれなかった。美藍さんが輝くんを殴ったのを見たって人も、きっと輝くんの手下なんでしょう」
《ひどい……》
「美藍さんに嫌がらせをしているのも、手下たちみたいです」
《私も、美藍さんの中学校のときの同級生とか、ギャルの知り合いとか、あと、同じ委員会の人に話を聞いたんだけど、みんな口を揃《そろ》えて、美藍さんは誰かを理由なく殴る人じゃないって言ってたんだ。だからやっぱり殴ってはいないんじゃないかな》
「辻褄《つじつま》は合いますね。美藍さんは実際は殴ってないけど、手下が嘘《うそ》の証言をして、輝くんを被害者に仕立て上げた。そのうえで、美藍さんをいじめている……どうしてそんなことを輝くんがしているかは不明ですが……。美藍さんに話を訊《き》いてみようと思います」
《了解。私も美藍さんのために頑張るよ》

5

松田美藍は、その日の昼休み、一人、非常階段に座って、菓子パンをかじっていた。

「だるいなぁ。授業サボっちゃおうかな……。どーせ、先生もアタシのこと目の敵にしてるし……」

本当だったら、教室でクラスメイトたちとおしゃべりしながらランチを楽しむ時間。

だけど教室に、美藍の居場所はなかった。

机に描かれた下品な落書き。完全に、自分がいじめの標的になったのを知った。教室で休み時間を過ごして、わざわざクラスメイトたちを刺激する必要もない。

でもだったら、そもそも授業なんかに出る意味があるだろうか。別に毎日来なくても、卒業くらいできるわけだし……。

「いや、授業は出たほうがいいですよ」

背後で声がして、美藍は飛び上がった。

「うおあああ‼　い、いつの間に現れた⁉」

クラス一の陰キャ、小暮秋良《あきよし》が、突然背後の階段に座っていた。

「あー、やっぱり気づいてなかったんですね。最初からいたんですけど。僕、存在感薄いですから……」

「悪かったたって」

何なんだこの陰キャ、と思う。

「よっと」

意外と俊敏な感じで、陰キャは踊り場に着地した。

「こんな寂しいところでお昼食べて、どうしたんです？　教室でご飯、食べないんですか？」

美藍は苦笑する。

――そっか、陰キャは友達がいないから、アタシがどういう状態なのか、あんまり理解していないんだ。

「アタシがクラスにいたら、空気悪くなるじゃん。アタシは、みんなが大好きな輝くんを殴った不届き者。嫌われてるの。だからここで時間潰してるってわけ」

陰キャは複雑そうな顔をしていた。

「美藍さん、一つ訊きたいんですけど……本当に、輝くんを殴ったんですか？」

ドキッとする。

そんな質問をされたのは初めてだったからだ。

クラスメイトたちは誰一人、美藍の主張を聞いてくれなかった。輝が正しくて、美藍は間違っていると、頭から決めつけていた。

こいつは違うのか？

「……輝が言ったじゃん。アタシに殴られたって。つまり、そういうことなの」

「輝くんが嘘をついてる可能性だって、あるじゃないですか。美藍さんは最初、殴ったのを否定してましたよね？」

「優等生の輝じゃなくて、ギャルのアタシを信じるってわけ？　物好きだね」

「美藍さん、見た目は派手だけど、悪い人じゃないと思って。僕、美藍さんが、道を渡れないおばあちゃんを手助けしてるのを見ました。みんなが無視してるゴミ箱を片づけてるところも」

「……あんなの、ただの気まぐれだよ。ってか何？　あんたアタシのストーカー？」

「違います。僕は美藍さんの味方です。だから僕は、美藍さんを信じます」

「――！」

嬉《うれ》しかった。

もう誰も味方はいないものだと、思っていた。

だけど一方で、不安にもなった。

人間は簡単に裏切る。

実際、輝がそうだった。

美化委員会の仕事を、学級委員長として手伝ってくれて……。

美藍としては、輝は自信過剰な感じがして苦手だったけれど、向こうが自分に好意を持ってくれているのはわかっていた。

それが……こんな形になった。

——こいつは、信じてもいいの？　裏切られたり、しない？

「僕は、いろいろ調べてみて、やっぱり美藍さんを信じるべきだって、思ってるんです」

「調べた？」

「はい。僕、聞いちゃったんです。美藍さんと輝くんが話してるのを。脅されてるように見えました」

「……！」

「それから、雫花先輩が、美藍さんの知り合いの人に話を聞いてくれたんです。中学時代の知り合いの方、ギャルの先輩、美化委員の人……みんな、美藍さんが、理由もなく人を殴るような人じゃないって言ってたそうです」

「みんなが……」

胸が熱くなってきた。

一人ぼっちだと、思っていた。

もう誰も、味方はいないんだって。

でもこの陰キャは、味方だと言ってくれる。生徒会長も、そうなんだろう。ほかにも、まだまだたくさん、自分を信じてくれている人がいる……。

信じてみよう、と思った。アタシを信じてくれる人を、信じてみよう、と——。

「美藍さん。教えてください。本当に、輝《ひかる》くんを殴ったんですか？」

秋良にまっすぐ見つめられ、ついに美藍は、自分の心の奥にあった言葉を、つぶやいた。

「……アタシは、殴ってない。でも、誰も信じてくれなかった」

「僕は信じます。雫花先輩も」

「ホント、変なやつだよ、あんた」

肩をすくめる美藍。

ホント、こいつ、バカ。

バカばっかりだよ、みんな。

——けれどそんな風に思っている美藍の顔には、微笑《ほほえ》みが浮かんでいた。

「なんか、わかった気がする。生徒会長が、あんたをカッコいいって言ってた理由が」

秋良は首をかしげる。彼としては、当たり前のことをしているだけなのかもしれない。

器《うつわ》のでっかいやつだな、って思う。

「ありがとうございます。それで、輝くんに嫌がらせされる理由、何か心当たりありま
す？」

「十中八九、アレだろうなぁ」

美藍は頭をかいた。

「アタシ、輝から告られたんだよね。んで、断った。『あんたみたいに自分に自信ありま
くりな人、苦手なんだ』って」

「け、けっこう辛辣ですね……」

秋良の顔は引きつっていた。

「無理なのにオブラートに包んで断って、勘違いされても困るじゃん？　脈なしなんだか
ら次行ったほうがいいだろうし」

「正論ですね。それにしても、振られたからって、あんなにひどい仕打ちをするなんて
……」

「あいつにとっては重要だったんだろ。そこまで好いてくれてるのはありがたいのかもし

れないけど……アタシにも好みはあるからさ。なーんか、好きになれなかったんだよね」

自分の気持ちに嘘はつけない――、仕方ない、と美藍は思っている。

「さて、と……午後からの授業、出るとしますか。じゃ、また教室で」

美藍は立ち上がり、秋良を置いて非常階段を後にした。

立ち去りながら、思う。

――陰キャ……。ありがとね。アタシ、勇気出た。こんなことでくじけない。やっぱり、あいつの言いなりになんて、ならないよ。

スマホを取り出し、見つめる。

そこにはメッセージが来ていた。

輝「放課後、楽しみにしているよ。いい返事を期待してるからな?」

今日、改めて、美藍は輝の告白への返事をする予定だった。輝から提案された。もしかしたら気持ちが変わっているかもしれないから、と。

人を追い詰めて、無理やり「オーケイ」って言わせるつもりなのだ。

陰キャは言ってくれた。味方だ、と。

――アタシは突きつけてやる。ノーって。アタシは、負けない。

6

待ち合わせ場所は、日影駅の裏にある、小さな公園だった。

夕方の五時。この時間になると人通りが少ない。ヤンキーのたまり場になることも多いと聞く。

こんな胡散臭《うさんくさ》い場所に呼び出されて、美藍は不愉快だった。

「やあ美藍。時間通りだね」

輝はすでに来ていて、ベンチに座り、足を組んでいた。

余裕に満ちた笑顔。

美藍が首を縦に振ると信じて疑わない表情。

完全にこちらをナメ切った態度。

こいつを今から切って捨てるんだと思うと、本当にせいせいした。

「じゃあ聞こうか。俺と付き合ってくれるか?」

「答えはノーだよ。アタシは、あんたとは付き合わない」

輝は笑顔を崩さなかった。

「でも俺と付き合わないと……君はもっとひどい目に遭うぞ？　それでいいのか？」

「アタシは負けない。あんたの言いなりになんて、ならない。アタシは、一人ぼっちじゃないから。ちゃんとアタシを信じてくれる人たちが、いたから……みんなのためにも、アタシはホントのことを言い続ける。今日はそれを伝えにきただけ、それじゃ……」

「──待てよ」

低い、声だった。

今までの雰囲気とのあまりの違いに、美藍は、それが輝の口から出た声だと気づくのが、一瞬だけ遅れた。

それくらい大きく、空気が変わった。

「優しくしてたら、つけあがりやがって。おい、おまえら」

輝がパチン、と指を鳴らす。

すると、遊具の陰から、ガラの悪い男たちが何人も姿を現した。

何人か、日影高校の制服を着ている者もいたが、全員そろって、ガラが悪い。どう見てもヤンキーとか、そういう連中だった。

「な、なんだよ、こいつら……！」

「俺の忠実な部下たちだ。なあ美藍、もう一度訊《き》く。俺の女になれ。ならないなら、こいつらの玩具になってもらう」

ゾクッと背筋が凍る。

「怖いぞ、こいつらは？　俺に賛同した、荒くれ者たちだ。日影市のヤンキーグループでは生きられなかったはみ出し者たち……。おいおまえら、この女を好きにしていいぞ」

男たちが忍び寄り、そして美藍の腕を掴《つか》んだ。

「や、やめろ！　くそっ、離せ！」

「だったら誓え！　俺の女になるってな！」

「くっ……」

ビリッという嫌な音とともに、美藍のシャツがはだけられた。

「嫌だ！　誰か、助けて‼」

「誰も来ないぞ。ここはこの時間、全然人が通らないんだ。まあでも、万が一誰か来たら面倒だ。美藍で遊ぶなら、そこの公衆トイレを使え」

「へい」

美藍はもがく。けれどなすすべもなく、引きずられていく。

——やだ、助けて……誰か、誰か……‼

「ここから先は通しませんよ」

声が、聞こえた。

その場にいた全員が、動きを止め、声のしたほうを凝視した。

野暮ったい黒髪と、眼鏡。猫背気味の姿勢。

クラス一の陰キャ——小暮秋良《あきら》が、美藍を引きずるヤンキーたちの前に、立っていた。

「陰キャ⁉」

美藍は思わず問いかけた。

どうしてこんなところに陰キャがいるの⁉

「あ？　おまえ、いつからそこにいた？」

輝の声は不機嫌だった。お楽しみを邪魔され、気分を害しているようだ。

「最初からです。美藍さんが、すごく真剣な顔をして学校を出ていったから、心配になって跡をつけてきたんですよ。輝くんが、美藍さんを呼び出したんじゃないかな、と思って。想像通りでしたね。美藍さん、声をかけるのが遅れて、すみません」

「アタシのことはいいから、早く逃げろ！　こいつら、どう考えてもヤバイ！」

「逃げません。言ったでしょう？　僕は美藍さんの味方だって」

自信満々に笑う秋良。

美藍は、ただただ不安だった。

陰キャはいいやつだ。けれど、ことの重大性を理解していない。当たり前だ。喧嘩《けんか》とか不良とか、そういう世界とは離れた場所に、あいつはいる。

だからといって、輝たちが秋良に容赦をするとは思えない。

「あははは、陰キャがヒーロー気取りか？」

輝は声をたてて笑うが、目は笑っていなかった。

凍《い》てつくように鋭い視線を、秋良に対して送っている。

「おい、おまえら。美藍のこと、ちゃんと押さえとけよ。まず、こいつをボコる。で、こいつの目の前で、美藍をめちゃめちゃにしてやれ」

「へい！」

一人が美藍を後ろ手に拘束し、残りのメンツが秋良に向かって、ゆっくり歩きだす。

「やめろ！　陰キャは関係ないだろ！」

「もう関係したんだ。首を突っ込んだ以上、関係者だ。やっちまえ！」

「「「へい！」」」

「陰キャ‼」

美藍は、陰キャがフルボッコにされ、地面を這《は》いずる様子を幻視した。

だが、実際に見たのは、地面に這いつくばる、ヤンキーたち。

あまりの早業に、美藍には、何が起きたのかわからなかった。

「い、いまの、なんだ……?」

輝《ひかる》はベンチから立ち上がり、呆《ほ》けた声を上げる。

美藍にいたっては、びっくりしすぎて、声を出すことすらできない。


「――輝。俺に喧嘩を売るなんて、いい度胸だな」


秋良は眼鏡を取り、髪をかき上げた。

現れた顔は、美貌と言ってよかった。思わず見とれてしまうくらいの、男前。

きりっとした目に、中性的に整った相貌。

姿勢も正され、我ここにありとでも言いたげな、自信に満ちあふれた立ち姿だった。

秋良は、一瞬で、美藍を拘束しているヤンキーまで詰め寄ると、顔面に拳を叩《たた》き込んだ。

「ぶへっ!」

情けない声を出して、ヤンキーは気を失った。

よろけた美藍を秋良はぐっと抱き寄せた。

ドキッとする。

──ひょろひょろだと思ってたけど、意外と、腕、引き締まってる？

「大丈夫、美藍さん？」

「あ、ああ、大丈夫……」

「少し離れてて」

そう言って秋良は、美藍を背中にかばいながら、輝と対峙《たいじ》した。

「おまえ、まさか……番長!? 嘘《うそ》だろ、あの雑魚《ざこ》陰キャが、番長だなんて……」

輝は一歩、後ずさる。

「本当に気づいてなかったんだな？ 俺は同じクラスになったときから気づいていたぞ？ 抗争のときに俺に負けてヤンキーを引退した、酒井輝だってな」

「くっ」

番長？ ヤンキー？

陰キャは今、日影市をまとめている番長で、輝は昔、ヤンキーをやっていた元ヤンってこと？

たしかに、日影市はヤンキーの数が多いとは聞いていたし、日影高校みたいな普通の高校にも隠れヤンキーや元ヤンがいると、美藍は先輩のギャルから聞かされていた。けれど、まさかこんなにも身近にいたなんて思わなかった。

「前々から、学級委員とは仮の姿で、裏で悪さをしているんじゃないかと疑っていたが……案の定だったたな」

「くそっ。現番長と、また戦う羽目になるとは……」

悔しげに歯を食いしばる輝だが、直後には口元に笑みを浮かべていた。

「だが一人で来るなんてバカなやつだ！　俺は常に万全を期している！　俺の味方は、そこに転がっているやつらだけじゃない！」

輝はスマホを取り出し、コールした。

だが、むなしくコール音が響くだけで、応答がない。

「なぜだ？　どうして出ない？　くそっ、何やってんだバカども！」

「……酒井輝くん、だっけ。悪いけど、君のお友達はそっちには行けないよ？」

公園の入り口から、声がした。

見ると、一人の女性が歩いてくる。

日影高校の制服を着ているが、スカートが異様に長かった。まるでスケバンである。

そして、右手でヤンキーの首根っこを掴み、ずりずりと引きずっていた。

女性は輝の前に、ヤンキーを放り投げた。

力なく転がったヤンキーのポケットからは、スマホの着信音が流れている。

「君のお友達、全員、やっつけちゃったから」

美藍には、その女性が、どう見ても、うちの生徒会長の高崎雫花にしか見えなかったが、その鋭い眼光を見ると、まったくの別人にも思えた。

いつもの穏やかな雰囲気はなく、獰猛《どうもう》な肉食獣のような攻撃性を、全身から放っている。

「バカな、あの人数を、一人で倒しただって……？　そんなことできるわけが……ああ！」

何かに気づいたように、輝は目を見開いた。

「鋭い眼光、艶《つや》やかな髪、古風なロングスカート……おまえは、伝説の女番長サイレント・ライオットか⁉」

「ご名答」

にやり、と攻撃的に笑う、女性——サイレント・ライオット。

「バカな……引退したはずじゃなかったのか⁉　ってか、おまえ、うちの生徒会長じゃねえか⁉」

「ふふふ、よく言われるけど、他人の空似だよ。生徒会長と間違われるなんて光栄だから、お礼に、たくさん痛い目に遭わせてあげるね」

「う……」

輝は引き返そうとするが、後ろには番長が控えている。

「もう逃げ場はないぞ、輝。覚悟しろ」

「う……ゆ、許してください！」

輝は高速で這いつくばり、土下座したが……。

「許すわけないだろ」

秋良は無理やり輝を立たせると、顔面に思いっきり拳を叩き込んだ。

「ぐふぉっ」

輝はバレーボールのように吹っ飛び、地面に転がった。

7

「おい、聞いたか？」

「ああ、聞いた聞いた。輝が番長とサイレント・ライオットにボコされたんだろ⁉」

翌日、秋良が学校に行くと、話題は輝がやられた話でもちきりだった。

「そうそう。それで、輝の手下たちがさ、白状したらしいんだ」

「何を？」

「それ聞いた。輝、手下たちに嘘の評判流させたり、テスト盗ませたりしてたんでしょ？」

女子生徒が話に入ってくる。

「じゃあ全部嘘だったのか？」

「いじめ止めたのも八百長《やおちょう》だったらしいよ」

「うわ、最低じゃん」

「そいや、輝は？」

「今、職員室に呼び出されて尋問中。外で聞いてた子によると、もう白状したらしいよ。

たぶん退学だろうって」

「まあテスト盗んでたらそうなるよなぁ」

そのとき、ガラガラッと乱暴に戸が開いた。

美藍が、けだるげな雰囲気で、教室に入ってきた。

しーん、とクラスが静まり返り、全員が、美藍のほうを凝視する。

「おはよ。どしたの？　アタシの顔に何かついてる？」

「み、美藍さん！」

一人の女子生徒が、美藍のところに駆けていき、頭を下げた。

「ごめん！　あたしたち、輝を信じて、美藍さんをハブったりして……。美藍さん、ぜんぜん、悪くなかったのに……」

「俺も、ごめん！　落書きされてるの見て、笑ったりした……」

「僕も！」

「私も！」

クラスメイトたちが美藍のところに集まり、謝ったり、頭を下げたり、大変なことになっていた。

美藍は困惑していた。

助けを求めるように、秋良《あきら》のほうに視線を向ける。

「――みんな、輝くんが悪かったって、わかったんですよ。手下たちが白状したらしいです」

「そっか」

美藍はポン、と最初の女子生徒の肩を叩いた。

「気にすんなよ。悪いのは輝。あんな巧妙にやられたら、誰だって騙《だま》される」

「でも……」

「これから仲良くしてくれれば、全然オッケーだよ。まだ五月だぜ？　トラブルくらい、あるよ」

「美藍さん……！」

泣きそうになっている女子生徒に対し、美藍はニッと笑顔を作った。

――これで、クラスは元通りだな。

秋良はホッとする。

そして美藍の懐《ふところ》の大きさに、感動する。

クラスメイトたちを一発で許した彼女は、本当に強い人だと思った。

「という感じで、クラスは無事、まとまりました。まあ、輝《ひかる》くんの手下たちには風当たりが強くなっちゃうと思いますが、それは自業自得《じごうじとく》ってことで……」

「美藍さんがみんなの輪の中に戻れて、よかったよ」

雫花の嬉《うれ》しそうな顔を見て、秋良も嬉しくなった。

昼休み——秋良と雫花は屋上で昼食をとりながら、今回の件について話し合っていた。

「輝くんも正式に退学が決まったみたい」

雫花は言う。

「さすがにテストを盗ませたのは看過できないって。手下の子たちは停学で済んだみたいだけどね。あー、ちょっとショックだなぁ。そんな悪い子たちを見過ごしてたなんて……」

「雫花先輩のせいじゃないですよ。こうして処罰されたんですから、よしとしましょう」

「ありがと。そう言ってもらえると、気が楽になるよ」

「ホントのことですから」

「おー、やっぱここにいたか」

屋上の入り口に、見覚えのあるギャルが現れた。

「あ、美藍さん！」

雫花が言った。

「これ、お礼。つまんないもんだけど」

美藍が綺麗《きれい》にラッピングされた、お菓子の箱を差し出した。

「二人で食べてね」

「わー、これ、買うの大変なやつでしょ?」

秋良にはわからなかったが、そういうものらしい。

「まー、一時間くらい並んだかなぁ」

「え、待って、昨日の今日でこれがあるって、なんか変じゃない?」

「変じゃないよ。午前中に授業抜け出して買ってきた」

「ダメだよ美藍さん! 授業は受けないと!」

「だいじょぶだいじょぶ」

「まったく……!」

「お礼したかったんだって。ホント、感謝してる」

美藍は雫花の手を握った。

「陰キャも、ありがとう。二人がいなかったら、アタシ、どうなってたかわからない」

「悪いのは輝くんです。学校の悪を倒すのは当然。そうですよね、雫花先輩?」

「うん。あ、でも！　サイレント・ライオットのことは……」

「わかってるって。会長とめちゃくちゃ似てるけど、別人なんだろ？」

ウィンクする美藍。

完全にバレているみたいだが、美藍の口から漏れることはなさそうだ。

「ちなみに、陰キャが番長説は吹聴していいわけ？」

「別に隠してるわけじゃないんで、いいですけど、たぶん誰も信じてくれないんじゃないかなと思います……」

「たしかに！」

爆笑する美藍。

だが、美藍はすぐに真剣な顔になった。

「あのさ、会長。アタシ、あんたが陰キャをカッコいいって言った理由わかったわ。ホントこいつ、すごくいい男」

「え⁉　そ、そんな……⁉　だ、ダメだよ、美藍さん！」

「ダメって何が？」

「それは、ほら、女の子的なサムシングというか、ロマンスというか……」

美藍はいぶかしげに雫花を眺めたあと、「あ、なるほど！」と言って手を叩《たた》き、そしてニヤニヤ笑いを始めた。

「そういうことね、わかったわかった。いやぁ、初々《ういうい》しいねぇ。頑張れよ、会長！」

「う、うん……！」

秋良には二人の会話の意味がよくわからなかった。こんなんだからいつまでたっても友達が増えないんだ。ただ、雫花と美藍が仲良くなっているみたいで、よかった。

「そんなわけで、お邪魔したな！　陰キャはまた午後の授業で！　ばいばーい」

嵐のように去っていく美藍の後ろ姿を見て、秋良は、彼女を救えて本当によかった、と思った。

一方で、一つだけ気がかりなことがあった。

「雫花先輩、一つ、訊《き》きたいんですけど……サイレント・ライオットに復帰して、本当によかったんですか？」

今回、美藍が輝と会う日が来るのが急すぎたため、万が一に備えて、秋良は雫花に応援を頼んだ。秋良の実力なら、あのくらいの人数と戦うのはわけないのだが、美藍を守りながらになると、一対多で戦った際に万が一が起こりうる。だからそのときすぐに連絡が取れた雫花に、輝の手下たちを見張っていてもらおうと思ったのだ。

ちなみに手下たちのたまり場は、秋良をボコしにきて返り討ちにあった手下から聞き出した。

そうしたら雫花は、

「だったら手下たちを私がやっつけちゃうよ。大義名分があったら、倒しちゃっても問題ないよね？」

と言い出した。

「え？　でも、そんなことしたら、雫花先輩、サイレント・ライオットだってバレちゃうんじゃ……」

「大丈夫大丈夫。サイレント・ライオットと生徒会長は別人ってことに、この町ではなってるんでしょ？　それに、動けなくしておいたほうがいろいろ安全だろうし」

秋良はお言葉に甘えて、やってもらったのだ。

ただ、バレなかったとしても、本当に、雫花は戦ってよかったんだろうか、と心配していた。美藍を助けるためとはいえ、自分が頼りなかったせいで、ヤンキーに復帰するはめになったのでは、と……。

ただ、当の雫花は不思議そうな顔をして首をかしげている。

「雫花先輩、ヤンキー時代のことは黒歴史だって、言ってたので……ヤンキーに戻っちゃっていいのかなって思ったんです」

そう言うと、なぜか雫花はもじもじしだした。

恥ずかしげに目を伏せ、頬をちょっとだけ赤らめている。

「……もう、黒歴史じゃ、ないから」

小さな声で、雫花は言った。

「だって、もしヤンキーやってなかったら、秋良くんと仲良くなれなかったもん。だから、黒歴史じゃないよ」

そのときの雫花の、はにかんだ笑顔——。

秋良にはあまりに眩《まぶ》しくて、胸のドキドキすら、忘れてしまいそうだった。

「僕も……雫花先輩と仲良くなれて、嬉しいです！」

自然と笑顔になった秋良。

二人で微笑《ほほえ》み合う時間は、秋良にとって、本当に幸せだった。

＊

一方の雫花は、秋良ほどには単純な精神状態ではなかった。もちろん、幸せであるには、あったのだが……。

——秋良《あきら》くんと仲良くなれなかったもん。


自分でそう言って、ハタと思い出す。

そもそも、どうして自分は、美藍を助ける流れになったのか。

雫花は、秋良に好かれ、「おもしれえ女」だと思ってもらうために、お弁当を作って、この屋上で一緒に食べていたのだ。

美藍の件があったせいで、当初の目的が完全に消し飛んでいた。

——え？　私、おもしれえ女だと思ってもらえた？

「僕も……雫花先輩と仲良くなれて、嬉しいです！」

仲悪くはなってないけど、何も進展してない気がする……！

わーん、どうしよう！

8

一日の授業が終わり、秋良が帰り支度をしていると、美藍が友達と連れ立って、教室を出ていくのが見えた。

すっかり、美藍はクラスに馴染《なじ》めたみたいで、秋良はホッと、安心した。美藍の件は、もう大丈夫だ。めでたしめでたし、という感じ。

だが、実は、気がかりなことがあった。

美藍の件ではなく、雫花の件で。

——そろそろ、一回、確認しておいたほうがいいかな。

秋良は、教室から生徒たちがいなくなったのを確認してから、ある人物に電話をかけた。

《もしもし》

「もしもし、僕です、繁くん」

ある人物——川村繁《しげる》に。

《お疲れ様です、番長！　何か御用でしょうか⁉》

「確認したいことがあったので電話しました。高崎雫花さんとサイレント・ライオットが別人だっていう情報、ちゃんと流してくれましたか？」

繁に頼んでおいた仕事——すなわち、雫花とサイレント・ライオットが別人だという情報を、日影市中に流すというもの。そうすることで、雫花に安心して高校生活を送ってもらえるようにする……。

その作業が滞りなく進んでいるか、確認する必要があった。なにせ、繁は一度牙を剝《む》いてきた相手だ。きちんと目を光らせておく必要がある。

《うっす。番長の名前を借りつつ、二人が別人だって情報を流しました。番長が言うんだったら、そうなんだろうって感じで、ほとんどのやつは納得してましたね。他の連中にも確認していただければ。実際、あんなに清楚《せいそ》な感じの生徒会長が、悪魔みたいに強かったサイレント・ライオットと同一人物だって言われても普通は信じませんからね。他人の空似なんて、よくあることっすし》

秋良はホッとした。

これならとりあえず、雫花の学校生活のほうは問題ないだろう。

《ただ、何人か、サイレント・ライオットに逆恨みしているやつらが、高崎雫花を襲撃しようとしてたんで、舎弟を使ってシメときました》

「ありがとうございます」

なかなか有能な男だった。いち早く噂《うわさ》に便乗して雫花に接触を図っただけはある。味方においておけば心強い人物である。

繁は、ああ見えて正統派のヤンキーで、仁義を重んじるタイプだ。秋良は、反乱を起こそうとした繁を見逃した。その借りをきちんと返そうとしているのだろう。

ともかく、これで気がかりな点は一つ解決。

ただ、まだもう一つある。

「繁くん。ちなみに、日影高校の高崎雫花さんがサイレント・ライオットだって話なんですけど、いったい誰から聞いたんですか？　それとも、もともと雫花先輩と知り合いだったとか？」

《いえ俺は……高崎雫花ともサイレント・ライオットとも知り合いじゃないです。俺が本格的にヤンキー世界に入ったのは、サイレント・ライオットがいなくなったあとですし、高崎雫花とは中学も高校も別なんで。俺の舎弟たちもそうです》

「じゃあ誰かから聞いたんですね？」

《誰かから聞いたっていうか……日影市のヤンキーどもの間で、ちょっとした噂になってたんですよ》

噂……。

実は秋良は、ほかのヤンキーたちに、この件についてそれとなく聞いていたのだが、全員が同じように「噂になっていた」と答えるばかりで、情報の発信源がわからなかった。

発信源を特定して口止めをしないと、雫花の安全を完全に保つのは難しい。

そこで、唯一サイレント・ライオットの情報をもとに動き出した繁に、話を聞こうと思ったのだが……やはり、噂で聞いただけ。

「噂の出どころはわかりますか？」

《どこだったかな……。少なくとも、ヤンキー発じゃないっすよ、たぶん。気づいたら噂になってた感じなんで》

ヤンキー発じゃない。じゃあどこなんだろう？

《よかったら調べますか？》

「いいんですか？」

《はい。番長には、お目こぼししてもらってるんで、このくらいは、仁義かなって思います》

「それじゃお願いします」

《うっす》

通話を切る。

秋良は、思い出す。

ヤンキー時代を黒歴史じゃない、と言った彼女の笑顔を。

自分と仲良くなれたから黒歴史じゃない、と言ってくれた彼女の笑顔を。

——雫花先輩は、僕が絶対に守る。

あの笑顔を守るためにも、必ず、噂の発信源を突き止める必要がある。

9

その男は、日影高校の昇降口に立っていた。

視線の先にいるのは、高崎雫花――この高校の生徒会長である。

クラスメイトにバイバイと笑顔で手を振り、昇降口から出てきた彼女を、下駄《げた》箱の陰からひそかに覗《のぞ》いている。

巧妙に隠した手元で、スマートフォンを用い、彼女の横顔を撮影する。

――おかしいじゃないか。あんなに堂々とサイレント・ライオットだって名乗っておいて、別人だなんて……。

ギリギリと歯ぎしりをしながら、憎悪《ぞうお》に満ちた目で、雫花の後ろ姿を睨《にら》みつける。

写真加工アプリを開き、男は、いま撮影した写真の雫花の顔に大きな赤の×を書いた。

下には〝裏切者〟の文字を入れる。

「絶対に、許さない。おまえは俺を裏切った……」

誰にも聞こえないような声で、呪詛《じゅそ》の言葉を吐く。

だが復讐《ふくしゅう》は、頓挫している。

いま日影市には、高崎雫花とサイレント・ライオットが別人だという情報が流れているからだ。

——クソが。せっかく情報を流してやったのに、ヤンキーどもは番長にビビって、あの女に手を出さない。

「クソ、クソクソクソクソ……！」

裏切者《うらぎりもの》は絶対に許さない。

今回も秋良くん、大活躍だったね！
雫花先輩も凄かったですよ！普段はこんなに優しいのに、あんなに強いなんて不思議です
普段は頑張ってヤンキーな自分を隠してるからね。
ヤンキーな私って、ガサツで女の子っぽくなくて、恥ずかしいから…
そうですか？僕はヤンキーな雫花先輩も好きですよ
す、好き！？
あ、素敵って意味で、恋愛的なものじゃなくて！
あせあせっ
も、もちろん、わかってるよ！
見てた
あああああ、そのまま告っちゃえばいいのに！

ファンタジア文庫の最新情報が満載！
ファンタジア FANTASIA チャンネル CHANNEL
2022 3
シリーズ累計
50万部突破！
騙し、欺き、
立ち向かえ——
世界最高の
スパイファンタジー第7弾
もう一つの
『スパイ教室』
コミックス1～2巻
大好評発売中！
スパイ教室 07
《氷刃》のモニカ
著者：竹町　イラスト：トマリ
注目新作1
YouTubeで累計700万回再生！
史上最強のカップルラブコメ開幕！
私より強い男と結婚したいの
清楚な美人生徒会長（実は元番長）の
秘密を知る陰キャ
（実は彼女を超える最強のヤンキー）
著：高橋びすい　イラスト：Nagu
キャラクター原案・漫画：水平線
注目新作2
余裕たっぷりで、みんなの憧れ
少し攻めればチョロインに
保健室のオトナな先輩
俺の前ではすぐデレ
著：滝沢慧　イラスト：色谷あす
ファンタジア文庫
毎月20日発売！
公式HP https://fantasiabunko.jp/
〒102-8177 東京都千代田区富士見2-13-3

ドラゴンマガジン5月号

ファンタ
YouTubeで
累計700万回再生!
史上最強のカップル
ラブコメ開幕!
私より強い男と結婚したいの
清楚な美人生徒会長(実は元番長)の
秘密を知る陰キャ(実は彼女を超える最強のヤンキー)
著:高橋びすい　イラスト:Nagu　キャラクター原案・漫画:水平線
陰キャボッチの少年・小暮秋良は、ひょんなことから美人生徒会長の高崎雫花が元女番長だという秘密を知ってしまう。彼女は自分より強い男と結婚したいらしいが、実は秋良こそが、彼女を超える最強のヤンキーだった。
新作!

余裕たっぷりで、
みんなの憧れ。
少し攻めれば
チョロインに!?
保健室のオトナな先輩、
俺の前ではすぐデレる
著:滝沢慧　イラスト:色谷あすか
優しく、オトナな雰囲気をまとう保健委員・柚月先輩。保健室の常連・恭二は彼女に気に入られ、からかわれる日々。そんな挑発をやり返したくて…「あなたのことが好きです」その瞬間、柚月の挙動がおかしくなり!?
新作!

史上最強の大魔王、
村人Aに転生する
AT-X、TOKYO MX、BS日テレ、
KBS京都、サンテレビにて
2022年4月6日(水)より
放送開始!
【CAST】
アード:深町寿成　アード(少年時代):高橋李依　イリーナ:丸岡和佳奈
ジニー:羊宮妃那　シルフィー:大橋彩香　オリヴィア:園崎未恵
アニメ公式Twitter @murabitoA_anime
©下等妙人・水野早桜/KADOKAWA/村人A製作委員会

DATE A LIVE
10TH ANNIVERSARY
2022年 4月
TVアニメ
放送開始!!
デート《DATE》・ア《A》・ライブ《LIVE》Ⅳ
DATE A LIVE
©2021 橘公司・つなこ/KADOKAWA/「デート・ア・ライブⅣ」製作委員会

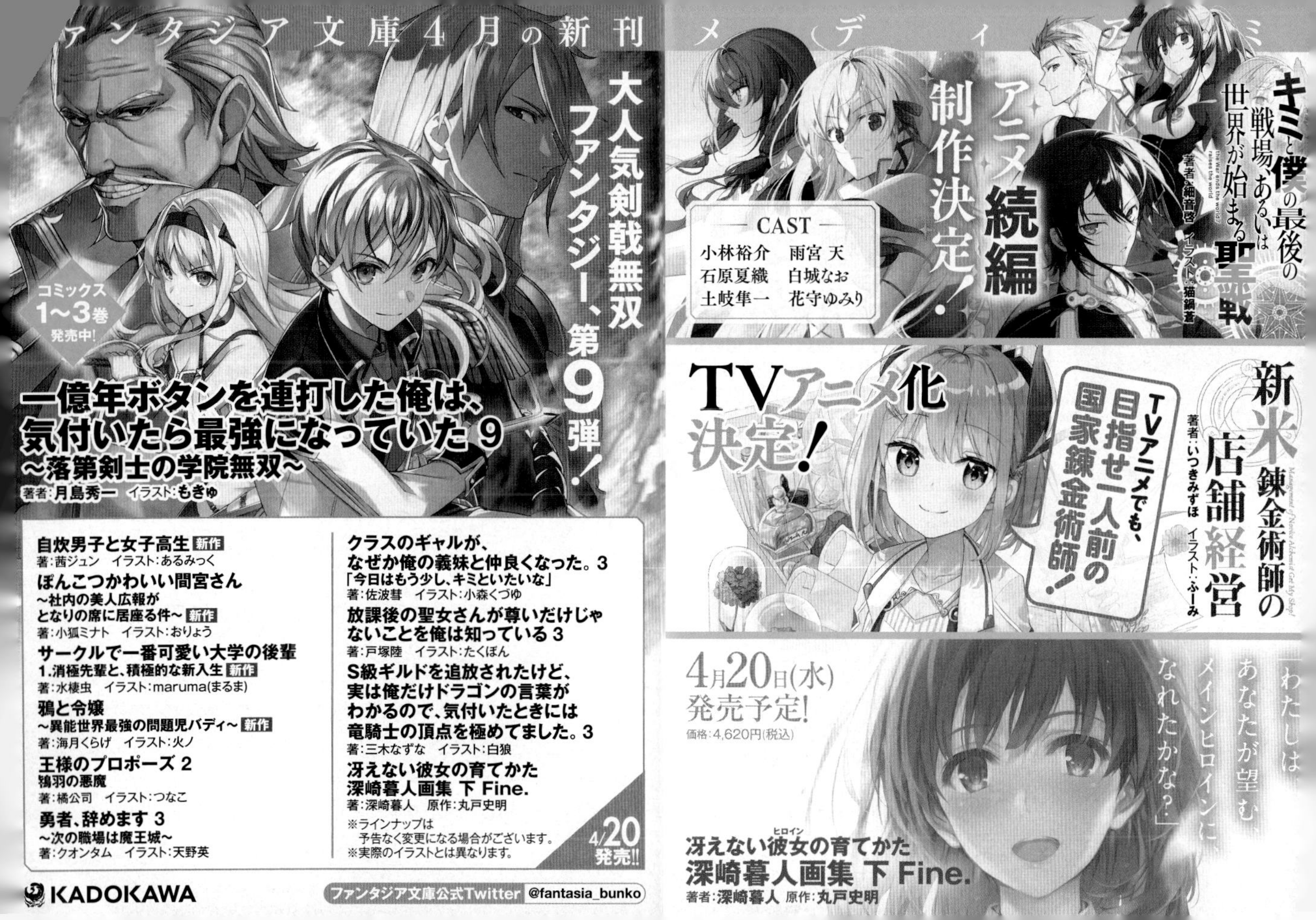
アンタジア文庫4月の新刊
大人気剣戟無双ファンタジー、第9弾！
コミックス1～3巻発売中！
一億年ボタンを連打した俺は、気付いたら最強になっていた 9
～落第剣士の学院無双～
著者：月島秀一　イラスト：もきゅ
自炊男子と女子高生 新作
著：茜ジュン　イラスト：あるみっく
ぽんこつかわいい間宮さん
～社内の美人広報がとなりの席に居座る件～ 新作
著：小狐ミナト　イラスト：おりょう
サークルで一番可愛い大学の後輩
1.消極先輩と、積極的な新入生 新作
著：水棲虫　イラスト：maruma(まるま)
鴉と令嬢
～異能世界最強の問題児バディ～ 新作
著：海月くらげ　イラスト：火ノ
王様のプロポーズ 2
鴉羽の悪魔
著：橘公司　イラスト：つなこ
勇者、辞めます 3
～次の職場は魔王城～
著：クオンタム　イラスト：天野英
クラスのギャルが、なぜか俺の義妹と仲良くなった。3
「今日はもう少し、キミといたいな」
著：佐波彗　イラスト：小森くづゆ
放課後の聖女さんが尊いだけじゃないことを俺は知っている 3
著：戸塚陸　イラスト：たくぼん
S級ギルドを追放されたけど、実は俺だけドラゴンの言葉がわかるので、気付いたときには竜騎士の頂点を極めてました。3
著：三木なずな　イラスト：白狼
冴えない彼女の育てかた 深崎暮人画集 下 Fine.
著：深崎暮人　原作：丸戸史明
※ラインナップは予告なく変更になる場合がございます。
※実際のイラストとは異なります。
4/20発売!!
KADOKAWA
ファンタジア文庫公式Twitter @fantasia_bunko
メ デ ィ ア ミ
キミと僕の最後の戦場、あるいは世界が始まる聖戦
Our last crusade or the rise of a new world
著者：細音啓　イラスト：猫鍋蒼
アニメ続編制作決定！
— CAST —
小林裕介　雨宮 天
石原夏織　白城なお
土岐隼一　花守ゆみり
新米錬金術師の店舗経営
Management of Novice Alchemist Get My Shop!
著者：いつきみずほ　イラスト：ふーみ
TVアニメ化決定！
TVアニメでも、目指せ一人前の国家錬金術師！
4月20日(水)発売予定！
価格：4,620円(税込)
「わたしは、あなたが望むメインヒロインになれたかな？」
冴えない彼女《ヒロイン》の育てかた
深崎暮人画集 下 Fine.
著者：深崎暮人　原作：丸戸史明

ジア文庫3月の新刊
好評発売中!!
ハズレだと
思われていた
【翻訳】の才能で
無自覚に無双する！
【翻訳】の才能で俺だけが
世界を改変できる件
～ハズレ才能【翻訳】で気付けば
世界最強になってました～
著：蒼乃白兎　イラスト：かなどめはじめ
新作！
名門の魔法貴族に生まれながら、【翻訳】というハズレ才能だったノアは家族から冷遇され、家を追い出される。しかし古代魔導書を読みあさっていたノアは無自覚ながら誰もが驚く世界最強の魔法使いになっていて――。
大胆すぎる
カノジョに
翻弄される、青春
スクールカースト
ラブコメ！
陽キャなカノジョは
距離感がバグっている
出会って即お持ち帰りしちゃダメなの？
著：出井愛　イラスト：ハム
新作！
スクールカースト頂点の美少女・佐々川綾乃。偶然ナンパから助けて以来、遠い世界の人だった彼女から妙に懐かれている。「家来るよね？」「ぼっち？じゃあ、私がひとり占めできるね！」……今日も彼女は距離が近い。
宙戦争を終結させた少年――
次は……
ついに《賢者》と
邂逅する。
異世界でチート能力《スキル》を
手にした俺は、
現実世界をも無双する 10
～レベルアップは人生を変えた～
著：美紅　イラスト：桑島黎音
大波乱の宇宙戦争をも無双した天上優夜。邪悪なる謀略によって過去世界へと飛ばされた彼の前に……「なぜ、お前もその武器を持っている？」――優夜にすべてを授けた《賢者》が顕現！ 最強の両雄、まさかの激突!?
その他今月の新刊ラインナップ
・推しが俺を好きかもしれない 2
著：川田戯曲　イラスト：館田ダン
・勇者、辞めます 2
～次の職場は魔王城～
著：クオンタム　イラスト：天野英
・俺のお嫁さん、
変態かもしれない 2
―結婚してみた幼馴染、慣れれば慣れるほど
アブナさが増していくようです―
著：くろい　イラスト：あゆま紗由
・古き掟の魔法騎士 Ⅳ
著：羊太郎　イラスト：遠坂あさぎ
・ハイスクールD×D DX.7
ご先祖さまはトリックスター!?
著：石踏一榮　イラスト：みやま零
・史上最強の大魔王、村人Aに転生する
9.邪神の夢
著：下等妙人　イラスト：水野早桜
・公女殿下の家庭教師 11
歴史の幻影
著：七野りく　イラスト：cura
・キミと僕の最後の戦場、
あるいは世界が
始まる聖戦 13
著：細音啓　イラスト：猫鍋蒼
※ラインナップは予告なく変更になる場合がございます。
2022
3

第3話　奥義《おうぎ》！　告らせる攻撃！

1

「はぁ……」

高崎雫花は深いため息をついた。

放課後の生徒会室。いつものように、生徒会の事務仕事を片づけたあと――。

他のメンバーは部活に行ったり、家に帰ったりしてしまったが、雫花は意味もなく生徒会室に残っていた。

生徒会室を開けておくことには、意味がある。開けておいてあげれば、委員会や部活動の提出物を出しにくる人なんかが直接、雫花に渡せるからだ。部屋の外にボックスを用意してはあるが、直接渡したほうが向こうも安心だろう。

だから、気が向いたときは、雫花は仕事がなくても生徒会室で授業の予習をしたりして過ごしていた。帰宅部なので特に行くところもなかったし、実はあんまり親しい友人がいなかったからである。

よくも悪くも、雫花は高嶺《たかね》の花だった。雫花ほどの美貌とスペックを持った相手に、ほとんどの生徒は畏怖の感情を抱いてしまうらしく、深く親しい間柄の生徒を作れないでいたのである。

思えば、秋良《あきら》が初めての〝親しい友人〟。

そういう意味では、似た者どうしなのだ。

――でも、友達以上になるために、私は頑張ってるんだ！

と自分を奮い立たせてみるものの、正直、暗雲が立ち込めている。

「はぁ……」

いったいどうしたらいいんだろう？

まったく関係が進展する気配がない。

「失礼しまーす」

と、そのとき、クラスメイト兼美化委員長の国場剛志が現れた。

「あ、国場くん。お疲れ様。委員会の書類？」

「うん。できたから持ってきたよ」

書類を渡される。

美化委員会主導で行っている花壇の手入れに関する書類だった。六月に花を植え替えるので、その申請のための書類だった。

「どれどれ……うん、大丈夫。ありがと」

「――会長、ため息なんてついて、どうしたんだい？」

うわっ、戸を開けっぱなしにしてたせいで見られてた。恥ずかしい。

「ちょっと生徒会の仕事が忙しくて……」

咄嗟《とっさ》に、適当な嘘《うそ》をつく。ただのクラスメイト相手に恋愛相談なんてできないし、向こうもされたら困惑してしまうだろう。しかも異性なのだ。

「お手伝いしようか？　僕、帰宅部だし……」

「いや、大丈夫。仕事は終わってるの。ただ、仕事のあとに授業の予習をやったりすると、疲れが出て……あはは、年かな？」

「僕ら同い年じゃん」

明るく笑う国場。人のよさそうな子だなぁ、と思う。

「まあ無理しないでね。じゃ」

国場はそう言って、去っていく。

――ふぅ、なんとか誤魔化せた。でも、どうしよう……。

再びため息モードになる雫花。

秋良と交流がないわけではない。先日、美藍を助けたことで、友情的なものはちょっと育まれた感じがする。

でも、本当に友情って感じで、まったく恋愛的には進展がない。到底、「おもしれえ女」になれてはいない。

なお、昨日、今日と、昼休みにお弁当を秋良と食べたが、「いいお嫁さんになりますね」と言われたりはせず、ゆえに「じゃあ私を、お嫁さんにしてくれる？」と訊《き》くタイミングも訪れなかった。

終わった。

もうダメだ。

――う～、正直、他人の心配してる暇があったら自分の心配しろよ案件だよね。いや、美藍さんを助けられたのはよかったけど……。

ダメだぁ、どうしたらいいんだぁ。

もはや一人では限界に達しつつある気がした。

誰かに猛烈に相談したい。

けれど現状、雫花が一番親しい相手は秋良である。無理だ。変なバレ方をして失敗したくない。

ふと、そのとき、美藍の顔が頭に浮かんだ。

――美藍さんって、ギャルだよね？

雫花の頭は目まぐるしく動いた。

「ギャルって、恋愛経験が豊富だよね？　美藍さんはギャル。ゆえに美藍さんは恋愛経験豊富！　完璧な三段論法！　美藍さんに相談すれば活路を見いだせるじゃない！」

ガッツポーズする雫花。

しかし雫花は気づいていない。

三段論法というのは、大前提が間違っていれば、結論も間違ってしまう。今回の場合、「ギャルは恋愛経験が豊富」の部分が大前提にあたる。

ちょっと考えればわかるとおり、恋愛経験が豊富ではないギャルも存在する。

普段は日影高校屈指の頭脳を誇る雫花だが、恋愛中はなぜか知能指数が大幅にダウンしてしまうので、まったく気づいていない。

こうしてまたしても、彼女は悲劇に見舞われるのであった。

雫花はさっそく、美藍にスマホでメッセージを送った。実は先日、美藍を助けた縁で、連絡先を聞いていたのだ。

雫花［ちょっと相談したいことがあるんだけど……］
美藍［いーよー］

と二つ返事で、ＯＫしてくれた。

まだ学校にいたようで、美藍はすぐに生徒会室にやってきた。

雫花は温かい紅茶でもてなす。

優雅に紅茶をすすっている美藍に向かって、雫花は神妙な顔で切り出した。

「これは友達の話なんだけど……恋愛経験がまるでないせいで、好きな人に告白できない女の子がいるの」

ぶふぉっ！

美藍が紅茶をふき出した。

「美藍さん⁉」

「今時そんな見え見えの切り出し方するやついる⁉」

こぼした紅茶をハンカチで拭きながら、美藍はげらげら笑いだした。

雫花には彼女の反応がわからない。

何が面白かったんだろう？　笑いのツボが浅い？　箸が転がっても笑っちゃうお年頃？　ってか見え見えって何？

「あー、気にしないでこっちの話だから。で、友達がどうしたって？」

「その友達、告白してお付き合いしたいんだけど……流れを作れないっていうか……変なタイミングで告白して失敗したら怖いじゃない？　それでいい雰囲気を作ろうとしたんだけど、ぜんぜんうまく行かなくて……」

「ふぅん。脈はありそうなの？」

「嫌われてはないと思う！」

半分くらい願望。ただ、嫌いだったら一緒にカラオケに行ったりお昼を食べたりはしてくれないと信じている。

「だったら言っちゃえばいいじゃん。小細工したって成功率が一パーセント上がるかどうかだよ。それに、もし脈がなかった場合、悩んでる時間が無駄。変に引きずって高校生活棒に振るより、一回勝負して散ったほうがいいんじゃない？」

「うぐっ！　美藍さん、正論は時に人の心をえぐるって知らないの⁉」

勝負して散る、という表現のえげつなさに、雫花は卒倒しそうになる。

「えー、だって、命短し恋せよ乙女って言うじゃん？　高校生活、短いよ？」

「それはそうかもしれないけど……！」

「言っちゃえ言っちゃえ。ってか、本当に、言えそうなタイミングが皆無だったって言い切れるのか？」

「ど、どういう意味……？」

「甘えはなかったのか？　断られるのが怖くて、ビビっちゃっただけとかじゃないの？」

「うっ‼」

正直、図星だったので、雫花は胸を押さえてうめいた。

「美藍さん、正論は……」

「人の心をえぐるかもね。でも正論は時に人を救うよ？　要するに直接言えないってだけの話じゃない？　だったらラブレターでも書けば？」

「――！　その手があったか！」

何で思いつかなかったんだよ私！　と心の中で自分にツッコミを入れる。

「ナイス、美藍さん！」

「おう。頑張れよ、会長」

にやり、と笑う美藍。

顔を赤くして、雫花は焦《あせ》る。

「わ、私の話じゃないんだってば！」

え？　バレてる？　いやいや、態度に表してないから大丈夫だよね？

「わかってるわかってる」

ニヤニヤ笑う美藍を若干、不安に見つめつつ、雫花は新たな作戦のために、とりあえず家に帰ることにした。


雫花の自室。

壁に貼られた婚姻届に見守られながら、雫花は作業を開始した。

「ラブレターかぁ。とりあえず、情報収集しなきゃだね」

雫花は蔵書を引っ張り出した。少女漫画である。オラオラ系のちょっと強引な男の子が出てくる漫画。例の「おもしれえ女」発言が出てきたものである。

そこで問題が発生した。

「ええ!?　ラブレター、出てこないんだけど！」

そう。

男からぐいぐい愛される系の話だったからだろう、女子がラブレターを書くという流れがなかった。

困った。

参考になるものがない。

仕方がないので、雫花はとりあえず便箋を取り出し、ボールペンで想《おも》いを書き出してみた。

「秋良《あきら》くんへの想い……そうだなぁ」

秋良くんへ
カッコいい秋良くんが好きです。
付き合ってください。
雫花

「う～こんなんじゃ想いなんて届かないよー！」

ぐしゃぐしゃっと便箋を丸め、ゴミ箱に放り投げる。

こう、もっと、ハートにガツンと届くラブレターにしたかった。

秋良の心に突き刺さり、絶対に抜けないような破壊力が欲しい。

自分が書いた文は、なんか、普通過ぎる！

そのあとも書いては捨て、書いては捨て、を繰り返した。

「ダメだー。私、文才ないのかなぁ……」

読書感想文では何度も入選経験があるのに、なんでラブレターはダメなんだろう。悲しい。

どうしよう、どうしよう、と部屋の中を歩き回っていると、ふと、棚と棚の間に、白い紙が挟まっているのを見つけた。

「これは……果たし状？」

以前、繁《しげる》から送られてきた果たし状だった。繁が今後、悪さをした場合、証拠になるかもと思って取っておいたのだった。

「……情熱的、だよねこれ」

雫花はひらめいた。

少なくとも、彼女は名案だと思った。

2

朝、秋良が登校し、下駄《げた》箱を開けると、手紙が入っていた。

白い紙に包まれたそれ。表紙には、毛筆で「夜露死苦」と書かれている。
達筆だった。
開いてみる。

小暮秋良殿
貴殿は天上天下唯我独尊。
自分は命を懸けて、真剣なカチコミを申し込む。
本日午後五時、日ノ影橋土手下にて待つので、返事をされたし。
高崎雫花

——雫花先輩から果たし状⁉
しかも、秋良のことを「天上天下唯我独尊」などと言って煽《あお》り散らかしている。
真剣なカチコミ……つまりタイマン勝負ということか？
いったい、なぜ……？
「僕、何か気に障《さわ》るようなことしたかな……？」
やっぱりサイレント・ライオットに復帰してもらったのがマズかったのか？

めちゃめちゃ悩んだが、行かないという選択肢はなかった。

ただ、これだけ真剣な手紙なのだ……こちらも相応の〝覚悟〟で臨む必要があるだろう。

＊

雫花は約束の十分ほど前に、日ノ影橋の土手下についていた。

ソワソワした。

完璧なラブレターだったはずだ。自分の情熱を余すことなく注ぎ込んだのだから、絶対に気持ちは通じたはず。

交際《カチコミ》もしっかり申し込んだ。

あとは、秋良がどういう答えを出してくれるか……。

「雫花先輩」

秋良の声が聞こえ、雫花は振り返る。

その姿を見て、衝撃を受けた。

「秋良くん⁉」

秋良は、眼鏡を外し、髪をかき上げ、背筋を伸ばし、堂々と地面に足をつけている。

陰キャらしさはかけらもなく、そこにいたのはまさに、日影市の〝番長〟であった。

——こ、これは、もしかして、オッケーってことじゃない⁉

嬉《うれ》しすぎて眩暈《めまい》がした。

きっと雫花の想いを知り、返事をするために、本気モードで来てくれたのだ。

やったぁ！

結婚しようね、秋良くん！

喜びのあまり走り出そうとした瞬間……。


ギン！


と、音がしそうな勢いで、秋良の目が鋭く光った。

——え？

秋良は、殺気をまとっていた。

「秋良くん……？　どうしたの……？」

「それはこっちのセリフだ、サイ、レ、ン、ト・ラ、イ、オ、ッ、ト」

「え？　何？　ぐっ……！」

雫花は一歩、後ずさる。

秋良の殺気に呑《の》み込まれ、窒息しそうだった。秋良が、繁や輝《ひかる》と戦ったときには、ほとんど本気を出していなかったのだとわかった。

これも本気なのかはわからないが、少なくとも、自分が今まで戦った誰よりも強いと、殺気にあてられただけで感じた。

殺気にあてられて、雫花の本能が呼び覚まされる。

――やられる前にやらないとヤバイ！

雫花は地面を蹴った。

秋良が地面を蹴ったのも、同時だった。

二人の拳が、ぶつかり合う。

＊

秋良は、驚嘆していた。

雫花の間合いの詰め方は、あまりにも完璧だった。秋良も全力の拳を突き出す以外、方法がなかった。

――やっぱり、ほかのヤンキーたちとはレベルが違う。

最初から本気を出すつもりでこの場に来てよかった、と秋良は思う。

果たし状……なぜ送られてきたのかはわからないが、とにかく戦うしかない以上、やられる前にやらないとヤバイ。

拳と拳がぶつかり合い、二人の体が衝撃で離れる。その間合い、わずかに一メートル弱。

――さあ、雫花先輩、どう来る？

二人は同時に着地し、秋良はニュートラルな構えになったが、雫花は着地と同時に距離を詰めてきた。

勢いよく、右足が飛んでくる。回し蹴りだ。

正確に、秋良のこめかみを狙ってきている。

一撃で意識を奪う気なのだ。

蹴りはあまりに速く、並みのヤンキーだったら攻撃を受けたかどうかさえわからずに気を失っただろう。

だが秋良は、一歩、後ろに跳ぶことで避けた。

秋良の鼻先を、雫花の右足が通過する。

――素晴らしい蹴りだ！　ははっ、ホント、最強の女番長って触れ込みは本当なんだな！

強敵と対峙《たいじ》したとき特有の〝熱〟が、秋良の内部から湧き上がってくる。

しばらく、雫花が攻撃し、秋良がそれを避ける、という攻防が続いた。

最初はかわしていた秋良だが、雫花はすぐに秋良の動きを学習し、秋良の回避先を読んで攻撃を置いてくるようになった。

秋良は雫花の足をかわし、拳をガードし、そしてまた足をガードした。

「来ないの、番長⁉　防御してるだけじゃ、じり貧じゃない⁉」

雫花が煽ってくる。

秋良は口元に笑みが浮かぶのがわかった。

――楽しい。こんなに胸が躍るのは、久しぶりだ。

＊

一方の雫花も、高揚感に体を支配されていた。

――凄《すご》い！　こんなにたくさん攻撃を避けられたのなんて初めて！　強すぎるよ秋良くん！

雫花はさまざまな攻撃を試すが、すべて避けられた。

彼が防御に徹している限り、決定打は与えられない。

だから煽ったのだ。

攻めてこい。

リスクを取れ。

そこを狩ってやるから！

「ほら、どうし――」

言い終わる前に、雫花の体に衝撃が走った。

反射的に両腕を交差して顔面をかばっていたが、あまりの攻撃力に、雫花の体は宙を舞った。

秋良《あきら》のストレートだった。

まっすぐ、拳を突き出しただけの攻撃。

雫花は空中でバランスを整え、安全に着地しようとする。

「――!?」

その着地地点に秋良はすでに肉薄していた。

――さ、避けられない！

拳が飛んでくる。
肩にくらうが、さっきほどの衝撃はない。
――て、手加減されてる……⁉
悔しさより、喜びが勝った。
この私が、手加減されてしまうくらい、強い男‼
ああああ‼　好き‼
相手から距離を取りながら、興奮が冷めない。
一生、この人と戦っていたい。
「やったなぁああああ！　ぶっ飛ばす‼」
言葉は物騒だったが、雫花の顔は上気し、満面の笑みを浮かべていた。
「望むところだ！」
秋良のほうも楽しそうだった。
――二人の対話《バトル》は、一時間にも及んだ。

*

「はぁ、はぁ、はぁ……」

雫花は地面に大の字に寝転がり、息を切らせていた。

同じく秋良も、大の字になって、隣に寝転がっている。

「雫花先輩、すごく楽しかったです！」

「私も！　こんなレベルで戦える人、初めて！」

二人はお互いに見つめ合い、笑い合った。

「でも手加減してもらっちゃったね」

「僕もいろいろ勉強になりました。危ないときも多かったです。ぜんぜん油断できなかったですよ」

「最強の番長にそう言ってもらえるなら、光栄だな」

「またお手合わせ願えればと思います」

「うん！　ぜひぜ……ひ？　――って、あれ⁉　何で私たち、バトってたの⁉」

雫花はガバッと起き上がった。

「何でって……僕に果たし状を送ってきたの、雫花先輩ですよね？」

「あ？　え？　ええ？」

――果たし状⁉　私が送ったラブレター、果たし状に見えてたの⁉

「でも決闘じゃなくて、練習試合だったんですね。次にやりたいときは、普通にスマホでメッセージ送ってくれて大丈夫ですよ？」

わーん、ラブレターだって気づいてもらえなかったー！　私のバカああああ‼

しかし、いまさら「あれ、ラブレターなんだ」なんて言えるはずもなく、雫花はただ、

「りょ、了解。次からは、そうするね？」

と、引きつった笑顔で言ったのだった。

3

昼休みの生徒会室。

雫花は美藍に、ラブレター作戦失敗を報告した。

「失敗⁉　振られたの⁉」

「振られたんじゃなくて、想《おも》いが伝わらなかった、というか……」

こういうの送りました、とラブレターの写真を見せた。秋良に渡す前に記念に撮っておいたのだ。

「これ完全に果たし状じゃん！　超ウケるんだけど‼」

「もー！　笑いすぎだよー！」

「まー、つまり、ラブレターの書き方がわからなかったんだな？　よし、そしたらお姉さんが教えてあげよう」

「私のほうが先輩……」

「実力主義だよ、こういうのは」

美藍の言葉にぐうの音も出ず、むぅ、と雫花は唇を尖《とが》らせる。

「よーし、とりあえず下書きだからルーズリーフで書くけど、実際は可愛《かわい》い便箋に書くんだよ？　そうだなー、たとえばこんな感じじゃない？」

〇〇くんへ

突然、こんな手紙を送ってゴメンね。戸惑ってるよね。

だけど、もう気持ちをおさえられなくて。

私は〇〇くんが好きです。

○○くんの優しいところとか、かっこいいところとか、すごくすごく好きで……
もう食べられちゃってもいいなって思っちゃうくらい。
○○くん、付き合ってください。
よかったらお返事ください。
△△より

「な、な、ななな‼」

顔を真っ赤にして大慌てする雫花。

美藍は得意げだった。

「これならどんな朴念仁でも通じるだろ」

「ここ、こんなの渡せるわけないよ！　恥ずかしすぎだよ！」

「気持ち伝えたいんじゃないの？」

「そ、それはそうだけど……！　ホントに食べられちゃったらどうするの？　食べるって、つまり、え、エッチなことするんでしょ⁉」

「もちろん。既成事実作ったら完璧じゃん。そのまま責任取ってもらえば？」

責任取ってもらう＝結婚するという意味だと思ったので、若干気持ちが揺れたが、いくらなんでもそこまでハイスピードに進めていくのは怖すぎる。

「むりむりゼッタイむり～」

「うーむ」

美藍は腕を組んだ。

「会長は性格的に、自分から告るのには向いてないのかもなぁ」

「わ、私じゃなくて、友達が、ね？」

「オーケイ、友達の話ね～」

げらげら笑う美藍。

「というわけで、告るのに向いてないなら、古来から伝わる奥義《おうぎ》を使おう」

「え⁉　そんな伝統的な技が⁉」

「おう。その名も、〝告らせる攻撃〟だ！　こっちから告れないなら、相手に告らせようってわけ！」

「えええええ⁉　そんなことできるの⁉」

「できるできる。ってか、告白が成立して付き合うってことはさ、向こうもこっちを憎からず思ってなきゃダメだろ？　だったらちょっと押して告ってこない相手の場合は、そもそも付き合えないんだよ」

「な、なるほど……恋愛って厳しい世界なんだね」

「うむ。とはいえ、そのお友達は、まあ、それなりに脈ありっぽいじゃん？　だったら難しくないはず。というわけで……」

美藍は二つの作戦を雫花に授けた。

「わかった、やってみる！」

＊

午後の授業が始まる直前、秋良のスマホにメッセージが来た。
雫花［秋良くん、今日の放課後、暇？　カラオケ行かない？］
秋良［いいですね！　行きましょう行きましょう！］
カジュアルな感じの誘いが友達っぽくて、秋良は青春っぽさに胸を震わせた。
自分みたいな陰キャを遊びに誘ってくれる雫花が天使に見える。
放課後、駅前のカラオケに秋良と雫花は入った。

「雫花先輩、お先どうぞ」

秋良《あきら》はリモコンを差し出すが、

「秋良くん、先に入れていいよ」

押し返される。

ん？　と思う。

雫花はきょろきょろと挙動不審だ。

まあいいかぁ、と秋良は声出し用によく歌う歌を入れた。

歌いながら、ちらりと雫花のほうを見ると……。

――お、おお……？

鬼のような形相で、リモコンの画面をにらみつけている。

最強の女番長《サイレント・ライオット》がカラオケのリモコンにかじりついているみたいで、ちょっとシュールだ。

そして秋良の歌が終わり、雫花の番がくる。

雫花は立ち上がり、モニターの横に立って、マイクを握った。

まるで秋良が観客であるかのように、秋良のほうを見つめている。

秋良はその立ち姿の美しさに目を奪われた。

き、綺麗《きれい》すぎる……！

そして歌が始まる。
しっとりとした抒情《じょじょう》的なイントロ。
ほどなくして、雫花の美声が響き渡った。

あなたに出会えた奇跡
本当に　あなたが好き

「好き」を連呼する歌だった。
まるで自分が言われているかのような没入感。
その圧倒的な歌唱力が、波のように襲ってきて、秋良をさらっていく。
頰を上気させながら、うるんだ目で秋良を見つめ、歌う雫花——。
秋良は感動した。
すごい、雫花先輩、こんなに歌がうまいんだ……！
そっか、さっき曲を選んでいたのも、ただ真剣に曲と向き合っていただけなんだな
……！
曲が終わった瞬間、秋良は自分の曲を入れるのも忘れて、拍手をしていた。

「ど、どうかな、秋良くん……」

「素晴らしいです！　歌うますぎじゃないですか!?　うわー、感動しちゃいました！　文化祭のステージで歌ったほうがいいですよ！」

「そ、そんなに？　なんか照れるなぁ」

雫花は頬を人差し指でかいた。

「それでさ、秋良くん……ほかに何か、言うことない？」

「ほかに？」

あれ、感想足りなかったかな？

でも雫花先輩の性格的に、感想を強要するタイプじゃないし……。

あ、そっか！

「この曲、すっごくいい曲ですね！『好き』って単語が連呼されてて……」

「それでそれで？」

ぐいぐい、と雫花が顔を寄せてくる。

「見つめられて歌われると、まるで自分が『好き』って言われてるみたいでドキドキして……」

「うんうん」

「こんな名曲を作れるクリエイターさんと、歌いこなす雫花先輩、本当に尊敬します！」

「……」

「……」

「え？　終わり？」

「終わりです！　素晴らしい！　あ、じゃあ次僕歌いますね！　よーし、頑張るぞ！」

秋良は曲を入れ、意気揚々と立ち上がった。


――う〜〜ん、選んだ歌が名曲すぎたかなぁ……？

雫花はひそかに肩を落とした。

――告らせる攻撃1　歌で好き好きアピール　失敗！

＊

次の日――。

秋良は、雫花から生徒会室に呼び出された。

生徒会仕事の手伝いを頼まれたのである。

資料の誤字チェックという実に地味な作業で、正直、誰でもできる。だが、それを自分に頼んでくれたのが嬉《うれ》しかった。

いつものようにパイプ椅子に座る。備品のノートパソコンに表示された資料を開き、作業開始。

――って、あれ？

なぜか雫花は、会長席ではなく、秋良の隣に座って作業していた。

「雫花先輩。今日はあっちじゃないんですね？」

「うん。作業する場所を変えると気分転換になるから」

「……」

「……」

「………」

――やばい、緊張する。

肩が触れ合いそうなくらい、雫花は近い。呼吸の音や心臓の音まで聞こえそうだ。かすかに甘い匂いがするけれど、シャンプーの匂いだろうか？　それとも香水？

と、雫花の手が、秋良の太ももに伸びてきた。

「⁉　雫花先輩⁉」

驚いて、秋良は雫花のほうを見る。

横顔が、近い。

雫花は伏し目がちにノートパソコンを見つつ、秋良の太ももを撫《な》でている。頰がほのかに赤く、耳にいたっては真っ赤になっている。

「あ、秋良くんって、けっこう、き、筋肉質だよね？　見た目細そうなのに」

「は、はぁ」

なぜそんな話題になっているのかまったくわからない秋良。

「か、肩にも筋肉、しっかりついてるよね。あんなすごいパンチ打てるんだもん、当たり前かな……」

雫花の手は太ももから肩に。

「む、胸板も、けっこう厚いような……」

そして胸に。

どうしたんですか、先輩。

この手は、いったい……と思いながらも、名目上は筋肉の話なので、訊《き》くに訊けない。

だが秋良は、その手が震えていることに気づいた。

気づいたとたん、疑問は吹き飛び、心配になった。

もしかして、寒いのかな？

空調は止まっていたはず。ただ、五月は暖かかったり寒かったりする。

秋良はブレザーを脱ぎ、雫花の肩にそっとかけてあげた。

「え⁉」

「寒いんですか？　手、震えてますよ？　この時期、温度調節、難しいですよね」

「え、え、ありがとう！」

「じゃ、頑張って仕事しましょうか！」

——ぜんぜん、その気になってくれないいいいいい！　緊張しすぎて震えてたのがいけないのかなぁ……。

雫花は悶《もだ》えつつも、ただ秋良の優しさにキュンキュンしていた。

——告らせる攻撃２　ボディタッチ作戦　失敗！

4

「師匠！　告ってくれません！」

雫花は生徒会室で、美藍に泣きついた。

ボディタッチ作戦の翌日の放課後である。

「恐ろしいほどの朴念仁だな……。これは、荒療治しかないか？」

「荒療治？」

「ああ。いいか、まずは、お相手に生徒会室に来てもらう時間を指定する」

「ふむふむ」

雫花は手帳を出し、メモを取る。

「で、生徒会室で、その時間丁度に、会長……いやお友達は、着替えを始める」

「ふむふ……へ？」

「んでんで、お相手はノックしてくるだろうが、お友達は無視。同時に、何でもいいから椅子をぶっ倒すとかで盛大な音を出す」

「え？　え？」

「『大丈夫ですか⁉』とお相手が入ってくると……裸のお友達とご対面だ！」

雫花はその状態を想像して、真っ赤になった。

「だ、ダメだよ！」

「ダメなもんか！　で、お友達は誘惑するんだ。『ねぇ、楽しいこと、しよ？』ってな。

さすがの彼もイチコロだろ」

「めちゃめちゃ遊んでる女の子みたいになっちゃうじゃん！」

「いいか、会長？　男は女に、普段は貞淑な妻であることを求め、ベッドでは娼婦《しょうふ》であることを求めるんだ。つまり、いつもは清楚《せいそ》だけど自分にだけめちゃクソにエロい女が大好きなんだよ！　もうこりゃ、既成事実を作るとともに告ってくるね！」

「わ、私は、もっと健全なお付き合いがしたいんだけど……！」

「わたし？」

「い、いや、友達は！」

「いいじゃん、若者らしく爛《ただ》れてこうぜ？」

「もー、美藍さん、楽しんでるでしょ！」

プクーッと頬を膨らませる雫花。

爆笑する美藍。

「会長、からかうとホント楽しい。癖になるわぁ」

「もう、真面目に相談してるのに！」

「悪い悪い。まあワンチャン、既成事実作戦もアリだと思ってるけど、無理強いはしないよ。これがダメならどうするかなんだけど、さすがにお友達が彼のことを憎からず思ってるのは伝わってるだろうから……あとはタイミングかな。よし、日影市にはいい感じの告白の名所があるから、そこに二人で行ってみれば？」

「そ、それってデートじゃない！　デートなんて誘えないよ！」

「カラオケには誘ってんだろ！　頑張れよ！」

「ううう、改めてそう言われるとカラオケも誘えなくなりそう……」

「情けないなぁ、もう。わかったわかった。じゃあアタシと三人で遊ぶってことにして、アタシが陰キャに連絡する。んで、当日アタシが仮病でドタキャンすれば、会長と陰キャは二人きりになれる。それでいいだろ？」

「うんそれで……って、いや違くて、友達の話で別に相手は秋良《あきら》くんじゃなくて……」

「――じゃあ自分で誘うか？」

「……うぅ、私の話で相手は秋良くんですぅ、美藍さん誘ってくださいぃいぃいい！」

「よろしい」

顔を真っ赤にし、泣きながら、雫花はその場にひざまずいたのだった。

*

「陰キャ、ちょいちょい」

放課後、秋良が帰り支度をしていると、美藍に声をかけられた。

教室でクラスメイトに声をかけられるなんて経験がほぼゼロに等しかったので、秋良は心が躍った。

「はい！　何でしょう？」

「会長とさ、日曜日に遊びにいくんだけど、一緒にどうよ？」

「⁉」

「お、おい、どうして泣き出すんだよ⁉」

「いえ、僕みたいな陰キャを遊びに誘ってくれるなんて……美藍さんも雫花先輩も、優しいなって思って……」

「大袈裟《おおげさ》だなぁ。友達だったら別に普通だろ？」

「と、友達⁉　僕が、友達ですか⁉」

「違うのか？　そのつもりだったんだけど」

少ししょんぼりする美藍。

「いえ！　美藍さんがいいなら、友達になってほしいです！　僕史上、二人目の友達です！」

「友達の数、早く数えなくて済むようになるといいな……」

美藍が可哀想《かわいそう》なものを見る目で見てくるが、めでたいことなので気にしない。

「で、日曜は暇？」

「暇です、超暇です！」

「オーケイ。んじゃあ、昼の一時に日影駅集合で。昼飯は済ませといてくれ」

「了解です！」

わあ、楽しみだなぁ。今度は三人で遊ぶのかぁ、と秋良が一人盛り上がっていると、

「ちょい、陰キャ。訊きたいことがあんだけど」

ちょっと神妙な顔で、美藍が訊いてきた。

「何です、改まって」

「陰キャはさ、会長のこと、どう思ってるわけ？」

「どう、とは？」

質問の内容がふわっとしていて、答えるのが難しかった。

「いろいろあるだろ。好きー、とか、嫌いー、とか。恋人になりたい～、とか、単なる先輩、とか……」

具体的に訊かれても、やっぱり難しかった。

雫花先輩は、生徒会長で、この学校で一番有名な生徒。誰もが尊敬する素晴らしい人で、僕みたいな陰キャからすると雲の上の存在。それなのに、僕にも手を差し伸べてくれた、優しい人……。

実はサイレント・ライオットっていう女番長で、自分より強い男と結婚したいからって理由でヤンキーになってしまう、ちょっと可愛《かわい》い面もあって……。

そんな先輩のことを、僕は——

「先輩は、大切な人です。僕には眩《まぶ》しくて、手が届かない、素晴らしい人。僕みたいな陰キャが隣にいていいのかなって、不安になるくらい。でも、僕からしたら、すごく、大切な人です」

「手が届かない、か……」

美藍は、遠くを見るような目をした。

「あんま難しく考えなくていいんじゃないの？　少なくとも会長は、陰キャを対等な相手として認めてると思うよ？」

「それはすごく光栄です。でも人間、格の違いってありますから」

にへら、と秋良は笑った。

＊

秋良と別れ、美藍は一人、廊下を歩きながら思った。

――世話が焼けるなぁ、二人とも。

ただ、会長にとっては、ちょっとピンチかもな……と思う。この分だと、陰キャのほうから告白してくる可能性は限りなく低い。

一方で、陰キャに告白するやつは出てくるかもしれない。あいつはなかなか、いい男だ。

――ったく、あんまりグズグズしてると、陰キャ、誰かに取られちゃうぞ？

仕方ないなぁ、と美藍はため息をついた。

ちょっと一肌脱いでやりますか。

5

日曜日、日影駅に秋良が行くと、すでに雫花は来ていた。

「こんにちは、雫花先輩」

「こんにちは、秋良くん」

「あとは美藍さんだけですね」

「あ、美藍さんなんだけど、風邪ひいちゃったから今日はパスするって」

「そんな！　大丈夫でしょうか？」

秋良は心配になる。最近、いろいろ大変だったから、疲れが出てしまったのだろうか？

「か、軽いみたいだよ。ただ、こじらせて学校行けなくなると面倒だから、今日は念のため休むって言ってた」

「そうですか。停学してたのもありますし、あんまり休むわけにはいかないですもんね」

「で……代わりに」

雫花はスマホを見せてきた。

美藍からのメッセージである。


美藍［じゃーん、美藍ちゃん特製デートコースだ‼　二人で楽しんでおいで］

「で、デートコース⁉」

「も、もう、美藍さんったら、ふざけちゃって」

雫花は顔が真っ赤になっている。秋良も似たり寄ったりだろう。

本来なら三人で来るはずだったんだから別にデートでもなんでもないはずだが、こんなメッセージを見せられたら、どうしても意識してしまう。

雫花先輩と、デート……。

心臓がいくつあっても足りないぞ……⁉

「ね、ねえ、秋良くん。せっかく、美藍さんも考えてくれたし、たまにはちょっと新鮮かもだし、今日はこのコースで回ってみない？」

「え？　いいんですか？」

「いいよいいよ！　もし本当にデートが必要になったときの予行練習にもなるし……！」

「わかりました！　じゃあ今日はこのコースで行きましょう」

「……よしッ！」

雫花はなぜかガッツポーズをした。

「美藍さん、グッジョブ！」

「グッジョブ？」

「え⁉　いや、楽しそうなコースだから、グッジョブって感じじゃない？」

「そうですね！　さすが美藍さんです！」

秋良が言うと、雫花が、ふぅっと息を吐き、額の汗をぬぐった。

そういえば、ちょっと暑いような気もする。もう五月も終わるし、夏が近づいているのかもしれない。

というわけで、秋良と雫花は〝美藍ちゃん特製デートコース〟とやらを回ることになった。

「なになに？　デートコース1：ウィンドウショッピング。日影駅から直結しているショッピングモールを二人で散策、だって」

雫花がスマホを見ながら説明してくれる。

「で、通りながらデートコース2の映画館に向かうって感じっぽい！」

「了解です！」

二人並んで、ショッピングモールを歩く。

モール内には、学生の集団や、カップルがちらほら見えた。カップルは腕を組んだり手を繋《つな》いだりしている。

秋良と雫花は適度に距離を取って並んでいるので、たぶんカップルには見えないんじゃないかな、と秋良は思った。

「デートコース1では、何か思い出になるものを買いましょう、だって」

「思い出になるもの、ですか……」

「あ！　これとかどうかな⁉」

雫花は、雑貨店を指さした。

カピバラの子供のぬいぐるみがついたストラップだった。スマホにつけるものだ。

「雫花先輩、カピバラ、好きなんですか？」

「うん！　丸くて可愛い！　丸くてふわふわしたものは、大体好き！」

前にアザラシのぬいぐるみをゲーセンで取ろうとしていたのを、秋良《あきら》は思い出した。

――ほんと、雫花先輩って、女の子って感じだなー。

ほっこりする秋良。

「じゃ、買いましょうか。僕が出しますよ」

「え⁉　私出すよ！　年上だし」

「いえいえ、いつもの感謝の気持ちを込めて、僕が……」

「感謝だったら、私もしなきゃ……」

「「ぷっ」」

二人は同時にふき出した。

「これじゃ埒《らち》が明かないね」

雫花が笑いながら言う。

「お互いのやつをお互いで買うってのはどうかな?」

「いいと思います。お互いにプレゼントする感じで」

というわけで、二人はお揃《そろ》いのストラップを購入し、さっそく、スマホにつけた。

「お揃いだね!」

「はい!」

「なんか、ちょっと、照れるね!」

「はい……!」

「でも、デートコースをなぞってるからね! 仕方ないね!」

「仕方ないです!」

顔から火が出そうなほど秋良も照れていたが、仕方ない、仕方ないんだ!

で、でも、雫花先輩も、嫌がってないってことは、僕のこと、嫌いなわけじゃないんだよね?

ふと秋良は、先日の美藍の言葉を思い出す。

「陰キャはさ、会長のこと、どう思ってるわけ?」

──こんなにドキドキするってことは、僕は……。

考えようとして、秋良は頭を冷やす。

──いや、違うよ。デートコースをなぞってるから、ちょっとその気になっちゃってるだけだ。勘違い陰キャ、恥ずかしいぞ？

「デートコース２：映画館！　恋愛映画を見るべし！　だって！」

「デートコース３：カフェ休憩！　映画の感想を話すのが吉！　だって！」

秋良と雫花は、美藍の指定通り、恋愛映画を見て、続いてカフェで恋愛映画について語り合った。

秋良は感動した。

元友達ゼロ人の陰キャでも、学校一の美女と、何不自由なくデートっぽい振る舞いができている。映画のチョイスも問題ないし、カフェで話をする内容も、問題ない。

「美藍さん、すごいですね」

「うん、びっくり。ちゃんとデートできてる気がする……！　私、実はデートなんてしたことなくて……」

「え？　そうなんですか？　モテそうなのに」

「も、モテそう⁉」

「だって雫花先輩、美人ですし……」

「う～急に褒めないでよぉ‼」

雫花は顔面を両手で隠しながら、なぜか怒りだす。怒られている身でありながら、そういう雫花先輩も可愛《かわい》いなぁ、と秋良は思ってしまう。

「私、中学時代はヤンキーだったし、高校入ってからは、生徒会一筋だったから……。もちろん、一年生の前半は普通の生徒だったんだけど、先輩にスカウトされて、けっこう生徒会の手伝い、してたんだよね……」

優秀すぎて遊ぶ暇がなかったのだろう。

「さーて、そろそろ飲み終わったし、次に行こうか。最後は……日影公園？」

日影公園とは、日影市にある総合公園である。かなり広くて、野球場や展望台などもある。

「でも、何で公園なんでしょう？」

「さあ……？　上を目指していけって書いてあるけど……行ってみればわかるのかも？」

秋良と雫花は、日影公園に着くと、「順路」と書いてある札に沿って、道を進み始めた。

アスレチックを横目に、山道っぽい雰囲気の道を、上へ上へ進んでいく。

日が少し傾いてきたからか、風に涼しさを感じる。

そして、秋良と雫花はその場所に着いた。

展望台のふもと。

小道を進んだ先に、おそらく美藍が今回一番重要だと考えたであろう場所があった。

開けた高台である。日影市を一望できる場所に、大きな鐘がそびえていた。フェンスには無数の南京錠《なんきんじょう》。

「もしかして、恋人の聖地？」

雫花が驚いたような声を出す。

全国各地にあると言われる恋人の聖地。

日影市にもあったとは、知らなかった。

「最近できたみたいですね」

秋良は、掲示板に書かれた、建立《こんりゅう》年を見て言う。

「日影市の新しい観光名所って感じみたいです」

「へぇ、知らなかったなぁ」

「そこまで有名ではないのか……も…………」

そのとき、秋良と雫花は気づいた。

この場所の、猛烈なカップル率に。

数にして、五。

鐘のそばに一組、南京錠のフェンスの辺りに一組、奥の茂みの近くに一組、二つあるベンチに、それぞれ一組ずつ……。

イチャイチャイチャイチャ

という効果音が聞こえそうなくらい、あっつあつな感じが出まくっている。

秋良は気圧《けお》された。

うおおお、場違い感がヤバイ‼

しかもそのうちの一組——鐘の前のカップル——が、今まさに告白しようとしていた。

「鈴木くん、私ね……鈴木くんのことが……！」

「待って、僕から言わせて。僕は佐藤さんのことが、好きなんだ……！」

「嬉《うれ》しい！」

無事カップル成立！

笑顔でひっそりと祝福するカップルたち——って、公開告白とかしちゃうの⁉

「告白の名所なんだって……！」

同じ疑問を覚えたらしい雫花が、掲示板を指さして言った。

「な、なるほど……そ、そろそろ出ましょうか……」

　致死量のリア充を摂取した気分だった。陰キャが長生きできる場所ではない。早々に、逃げ出さないと……。

　だが、ガシッと雫花に腕を摑《つか》まれた。

「雫花先輩……？」

「秋良くん……練習、してみない？」

「なんのです……？」

「告白の、練習……」

「なぜ……？」

「ほ、ほら！　せっかく美藍さんが用意してくれたプランだし。きっとここで告白する流れなんじゃないのかな？　だったらちゃんと最後までしたほうがいいかなって。れ、練習だし」

「練習、ですか……」

　いいのか？　練習とはいえ、お互い好きだのなんだのって言っても……？

　だが、雫花は、秋良の言葉を違う意味でとらえたらしい。

「練習は、イヤ？　ほ、本気でするなら、それはそれで、って感じだけど……」

——僕が本気で告白するつもりだと思ったの⁉

混乱する。情報の処理が追いつかない。

頬を染め、うるんだ目で見つめられ、「本気でするなら、それはそれで」っていったい、どういう意味なんだ？

雫花先輩は僕に「告白してみたら？」と言っているのか？

それはそれでって、告白されたら応える用意があるって意味なのか？

いや、それはいくらなんでも僕にとって都合が良すぎないか？　だって雫花先輩だぞ？　日影高校の生徒会長、昨年のミスコン人気投票第一位、学業成績学年第一位……そしてかつて日影市を統一していた女番長。

まさに〝最強〟という言葉にふさわしい彼女が、僕にそんなことを言ったりするのか？

だいたい、僕はどうしたいいんだ。

美藍の言葉が蘇《よみがえ》る。

「陰キャはさ、会長のこと、どう思ってるわけ？」

最初は、単なる憧れの人だった。学校で唯一自分を気にかけてくれた人だったから、ぼーっと熱を持って見つめているだけだった。

秘密を知って仲良くなってからは……守りたい、と思っていた。恩に報いる、そんな気持ちだった。

だから、大切な人。

――それだけなのか？

本当に、それだけなのか……？

僕にとって、雫花先輩は……。

「雫花先輩……僕は………」


「ひゅーひゅー、やってるねぇ」


野蛮な声がすべてをぶち壊した。

入り口に、ＤＱＮのグループがいる。数にして四人。

すべてのカップルがＤＱＮの声に反応し、身を硬くした。先ほどまでの甘い雰囲気は完全に霧散してしまう。

「ここが恋人の聖地かぁ。どれどれ？　へぇ、カップル一杯じゃん」

「おーい、キスしろよー、見ててやるからさぁ」

「そっちの茂みで致してくれても構わねぇぜ！」

ギャハハハ！　と下品に笑うＤＱＮたち。

せっかくの幸せな雰囲気が台無しだった。

秋良《あきら》の気持ち的にもそうだし、周りのカップルのことを思ってもそうだし、何より、雫花のことを思って、秋良は腹が立った。

――告白の練習に関しては、どういう意図があったかはわからないけど、雫花先輩も絶対、デートを楽しんでいた。

楽しい思い出になるはずだったデートを、こいつらはぶち壊したんだ。

秋良はＤＱＮたちに声をかけた。

「あの、邪魔しないでください」

「ひゅ～」

口笛を吹くＤＱＮたち。

「言うねぇ。俺たちゃお邪魔虫か？」

「別にいる分にはいいです。でもみんなを煽《あお》るような真似《まね》はやめてください」

「陰キャが、彼女の前でカッコつけてんじゃねぇぞ⁉」

「え⁉　彼女⁉」

彼女扱いされて雫花が照れていた。ちなみに秋良も照れた。

「彼女ってわけじゃ、ないんですけど、そう見えました？」

二人の照れがＤＱＮたちの逆鱗《げきりん》に触れた。

「おい、てめぇ。ちょっと面《ツラ》貸せ。世間の厳しさを教えてやるよ」

「ええ。場所を変えたほうがいいです」

6

日影公園内の人気《ひとけ》の少ない広場に、秋良と雫花、それから四名のＤＱＮは移動した。

「へへっ、ちゃんとついてきたところは褒めてやるぜ」

バキバキッと手を鳴らしながら、ＤＱＮの一人が言った。

「おい、彼女ちゃん！　彼女ちゃんが俺たちと遊んでくれるんだったら、彼氏くんを助けてやってもいいぜ！　もちろん、俺たち荒くれ者に遊ばれるんじゃ大変だろーがな！」

ギャハハハ！　という下品な笑い声。

「もし秋良くんを倒せたら、遊んであげてもいいよ」

雫花は挑戦的に返した。

雫花がちらっと、秋良のほうを見る。

――ボッコボコにしちゃって！

視線でそう訴えられた。

――了解です、先輩。

秋良は眼鏡を外し、髪をかき上げた。

「な、何の真似だ？」

「喧嘩《けんか》するのに、眼鏡は邪魔だからな。さあ、来いよ」

陰キャっぽい猫背で暗い雰囲気から、背筋を伸ばし堂々とした態度に変わったからだろう、DQNたちは明らかに戸惑っていた。

「ちっ、カッコつけやがって。行くぞ！」

一人がダッシュで近づいてきて、右腕を振り上げた。

動きはゆっくりだし、隙だらけだ。何より威力も足りない。

――素人《しろうと》だな。

秋良は左手で男のパンチを受け止めた。

「へ？」

DQNが呆《ほう》けた声を上げる。理解が追いつかないらしい。

秋良は男の首筋に手刀を一撃くれてやった。かくん、と首を折り、男はその場にくずおれ、倒れ伏した。

あっけにとられたその他のＤＱＮ三名。呆然《ぼうぜん》と、秋良のほうを見ている。

「素人をいたぶる趣味はない。反省して帰るなら、このくらいで……」

「く、くそがあああ‼」

ＤＱＮには考える脳みそがないようで、無謀にも秋良に二人がかりで突撃してきた。

内心、ため息をつきつつ、一人目のパンチをかわし、腹に一発拳を入れた。

「ぐふぉっ」

ＤＱＮは地面に沈んだ。

直後、完全にすかしたもう一人の背中を蹴り飛ばす。

ボールよろしくＤＱＮは転がっていった。

「ひ、ひ、ひいいいいい！」

最後の一人がビビり散らかしている。

「お、お、おまえの女がどうなってもいいのか！」

叫びながら、雫花に向かって駆けていくＤＱＮ。

雫花を人質にしようとしているようだった。

秋良のいる場所からだと、雫花の位置は遠く、男の位置は近かった。

──このままだと、間に合わない。

ゾクッと、胸の奥が寒くなった。

秋良は、理解できない。その感情が何なのかはわかっていたが、なぜ今、この状況で、その感情が湧くのか。

だって──

「来ないでよ、変態」

顔面に雫花のパンチを食らって、ＤＱＮは宙を舞った。

ぼむっぼむっと地面を二回バウンドし、そのまま仰向けになって気を失った。

雫花の完全勝利。

──だって、男はあまりにも弱い。こんなに弱いやつの、一つの行動で、なぜ自分が恐怖なんて覚えなきゃいけないのか、まるでわからなかった。

そのとき、パトカーの音が近くで響いた。

「やばい！　面倒なことになる前に逃げよう！」

「そうですね！」

雫花に言われ、秋良はうなずいた。

きっと、恋人の聖地にいたカップルが警察に通報してくれたのだろう。ありがたいが、秋良たちはちょっと過剰防衛気味だったので、警察と話をするのは面倒だ。

秋良と雫花は走りながら、笑いあった。

――告白の練習はできなかったけれど、これはこれでいい思い出かもしれない。僕たちらしい思い出だ。


デートコースによると、夕飯は、告白の成否によって変わるらしい。告白成功の場合は、なんかノリでいい感じのお店に。ダメだった場合は、そもそも夕飯なしで解散。

「今回は間を取ってファミレスとかどうでしょう?」

「賛成!」

高校生らしい等身大の夕飯。

「さっきの秋良くん、カッコよかったよ!」

ファミレスのボックス席で向かい合いながら、雫花は言った。

「相手が弱すぎて、大人げなかったかなと思ってたんですが……」

「あ、喧嘩の話じゃなくて……恋人の聖地で、DQNたちに怒ってるところ、カッコよかった」

「あんな陰キャなのに?」

「だって、見て見ぬふりだってできたわけでしょ？　でも秋良くんはしなかった。そういうとこ、カッコいいと思う」

「そ、そうですか……」

面と向かってカッコいいと言われると、照れてしまう。

「……そう。強さって力だけじゃないと思うんだ。優しさも、強さのうち。だから、秋良くんは……本当に…………」

雫花はちらっと、秋良を見て、顔を赤くして、黙ってしまう。

「本当に？」

「ううん、何でもない。楽しかったね、今日は。あ！　美藍さんから新しいメッセージが届いてる。あれ？　美藍さん、なんか変なこと言ってる……」

そう言って、雫花がスマホをこちらに見せてきた。

美藍「このメッセージを会長と陰キャ、二人で見ているということは、告白は成功したな？」

「？」

秋良にも意味がわからなかった。

直後、新しいメッセージが、美藍から届く。

美藍「そんな二人におすすめのデートスポットはここだよん↓http:// ＊＊＊＊＊＊＊＊＊＊＊＊＊＊＊＊」

「まだ行くところがあるんですね？」

「そうみたい。タップしてみよう」

タップして出てきたのは——大人のホテル、通称ラブホテル。

爆発したみたいに二人の顔が赤くなった。

「ここはダメだね！」

「はい、ダメですね！」

「告白もしてないしね！」

「はい、してないです！」

「まったく美藍さんったら、ふざけすぎだね！」

「まったくですね！」

ファミレスから出て、雫花を駅まで送り、改札に消えていく雫花を見送ると、秋良《あきら》はふぅと息を吐いた。

ちょっとだけ、自分がわからなくなった——そんな一日だった。

先ほどの恐怖心……。

恐怖心を覚える場面は、けっこう多い秋良である。たとえば、陰キャなので陽キャの人と話すのはビビってしまう。

ただ、DQN相手に喧嘩をするのが怖いなんて、ありえない。

どうしてだろう。

それから、雫花のこと。

僕は、雫花先輩を、どう思っているんだろう……。

もし、あのとき、DQNが現れなかったら。

僕は雫花先輩に、本気の告白をしていただろうか？

その場の雰囲気と勢いに任せて、という形だったとしても、もししていたのだとしたら僕は間違いなく——。

「いや、ありえないよ。だって雲の上の存在だよ？　ヤンキーとしてはたしかに、僕は番長だけど……学校じゃただの陰キャなんだから。雫花先輩を好きになるなんて、おかしいよ」

この気持ちはきっと、強い憧れだ。

雫花先輩みたいな眩《まぶ》しい人を見てかかる、麻疹《はしか》みたいなもの。

絶対そうだ。

その気になるんじゃないぞ、秋良。

これ以上、痛い陰キャになんか、ならないほうがいい。

ポケットの中でスマホが震えて、秋良の思考は中断した。

雫花先輩かな？　と期待した自分に苦笑する。

頭湧きすぎだろ。デート練習は陰キャには刺激が強すぎたかもしれない。

繁《しげる》からだった。

《お疲れ様っす、番長。サイレント　ライオットの噂《うわさ》の件でご報告です》

「はい」

《噂の発信源を特定しました。市内の大学生が、飲み屋で言いふらしたのが始まりらしいです。んで、ヤンキーたちの耳に入り、自分たちにも入ってきた、と。大学生の住所も特定できました》

繁は事務的に話す。

《もしかしたら、番長直々に話をつけにいきたい案件かと思って、ご連絡しました》

「ありがとうございます。もちろん、僕が行きます。雫花先輩に迷惑をかけた相手です……しっかり、お灸《きゅう》をすえる必要がありますから」

《自分もお供します。あと二人くらい、舎弟も出します。何人かいたほうが便利でしょうから》

「助かります」

集合時間などを打ち合わせて、通話を切った。

明日の夕方五時に、日影高校の校門前で待ち合わせ——。

「これでとりあえず、雫花先輩の問題は完全に解決できるかな」

7

日影公園の恋人の聖地に、男が立っていた。

苛立《いらだ》たしげに貧乏ゆすりをしながら、フェンスについた南京錠《なんきんじょう》たちを見下ろしている。

「こんなところに、あんな陰キャと二人で来たのか……」

男の苛立ちは頂点に達しつつあった。

俺に優しくしながら、ほかの男にも色目を使うとは……。デートコースをめぐるなんて、もう完全に付き合ってるじゃないか。

「おかしいおかしいおかしいおかしいおかしいおかしいおかしいおかしい」

壊れたおもちゃのように、ぶつぶつと呟《つぶや》く男。

俺が話しかけても塩対応。腹を割った話はしない。なのにあの陰キャとは一緒に遊ぶ。意味がわからない。告らせる作戦だ？　バカなんじゃないか。

君が本当に好きなのは俺のはずなのに。

わからせてやる必要がある。

「絶対に許さない。準備はできている。目に物を見せてやろう」

断章　過去《むかし》と現在《いま》

家に帰って、自室に戻った雫花は、ベッドに横になっていた。

天井を見上げながら、思う。

秋良くん、カッコよかったなぁ。

恋人の聖地に割り込んできたＤＱＮたち。冷え切った空気。怯《おび》えるカップルたち……。

見て見ぬ振りもできたと思うのだ。

もちろん、戦ったら勝てる相手なのは間違いない。けれど、わざわざ面倒ごとに首を突っ込む必要なんてなかった。

でも彼は、首を突っ込んだ。

正義の味方って、感じだった。

「秋良くん、やっぱり強い男だよ」

雫花は思い返す。

どうして自分が、強い男と結婚したいと思ったのかを——。

＊

自分で言うのもなんだが、雫花は子供の頃からスペックが高かった。

幼稚園時代にすでに読み書き計算はお手の物で、運動会で走れば一等賞を取り、五歳にしてピアノを弾きこなした。

それでいて、能力が高い者特有の嫌味はなく、クラスの輪を平和に導く穏やかさを持っていた。

小さいころから、いじめられっ子に率先して話しかけ、いじめの目を摘むようにしている。

小学校に入ると、勉強はやはり一番だった。学級委員長にもなり、問題児たちの世話もそつなくこなした。

大人たちは口々に言った。

「雫花は〝いい子〟だね」

友達も言った。

「雫花は〝いい子〟だね」

でも、自分が〝いい子〟なんかではないということを、雫花自身が一番、自覚していた。

だって雫花は、大人や友達に気に入ってもらえるように、戦略的に動いていただけなのだから。

雫花に備わった最も凄《すご》い才能は、他者の期待を敏感に感じ取る能力である。

加えて、人間としての高い基本スペックが味方をし、〝いい子〟雫花は誕生した。

でも、本当の〝いい子〟とは、自然と善行をする人だと、雫花は思っている。

だから自分は、本当の〝いい子〟じゃない。ただ他人に褒められるのが好きなだけの、あさましい人間だ。

けれど、一度期待に応えてしまうと、裏切るのが怖くなった。

みんなからそっぽを向かれるのを、恐れるようになった。

だから、表面上は、いつもニコニコしつつ、困っている人がいないか目を光らせ、そして期待に応え続けた。

誰にも甘えられず、そういう意味では腹を割って話せるような友達もいなかった。

秋良が自分をボッチだと言うのとは違う意味で、雫花もまた、一人ぼっちだったのだ。

小学校四年生くらいのころだったと思う。

ちょっと辛《つら》くて、家で一人、部屋にこもってカーペットの上に横になっていたら、ベッドの下に何かがあるのを見つけた。

絵本だった。

幼稚園児が読むような絵本。

タイトルは、『シンデレラ』。

話の内容はもちろん知っていたけれど、手持ち無沙汰だったのもあって、読みだした。

読んで、なぜか雫花は、シンデレラに自分を重ねた。

シンデレラとは、灰かぶりという意味である。いつも暖炉の掃除や台所仕事をしていて灰にまみれていたから、そう呼ばれていたという、薄幸の少女。おまけに継母《ままはは》と義理の姉にいじめ抜かれている。そんなシンデレラと、みんなから称賛されている自分が同じ境遇とは思えない。

ただ、理解者がいない、という意味では、同じだ。

今の生活が辛いという意味でも。

そんな彼女が魔女の魔法で舞踏会に出掛け、王子様と運命の出会いを果たす。

しかし運命の悪戯《いたずら》か、午前零時の鐘が、二人を引き裂く。

それでも王子様は諦めない。

シンデレラを捜し出し、本当の彼女を——着飾ったわけではない灰かぶりを、妻として迎えるのだ。

その絵本は、灰かぶりのシンデレラが、王子様に抱き上げられ、白馬に乗ってお城に戻るところで終わっていた。

まさに、シンデレラを救いにやってきた、白馬の王子様――。

羨ましい、と思った。

私にも、本当の自分を愛してくれる白馬の王子様が現れたらいいのに。

そんな風に夢みるようになった。

現実に白馬の王子様なんていない。でも、白馬の王子様みたいな人なら、いるかもしれない。そんな想像も、するようになった。

たとえば――私よりも強い人だったら、私は取り繕うことなく、ありのままの自分をさらけ出せるんじゃないか。だって相手のほうが強いんだもん。期待する必要、ないでしょう?

甘えたかった。素の自分として。

私よりも強い男だったら、甘えた自分を、きっと受け入れてくれるんじゃないか……。

そんなことを考えていたら、待っているんじゃなくて、探しにいきたくなった。

中学に入ったころの話だ。

雫花は、強い男がたくさんいるであろう、ヤンキーの世界に入った。もちろん、家族や学校の友達には内緒で。

そのヤンキー界でも才能を発揮してのし上がってしまったのは、われながら苦笑したけれど、テッペンを目指して戦っていれば、いつか、自分より強い男にぶち当たるんじゃないか。そんなモチベーションで戦いを繰り返し——そして、自分がテッペンになってしまった。

拍子抜けだった。

それで引退した。

つい、舎弟に、

「私より強い男を探しにいく」

なんて言葉を残してしまったのには、再び苦笑。

ただ、それで諦めたわけじゃなかった。

だって強さにはいろいろあるはずだから。

まあ、高校に入っても事態はあんまり変わらなくて……結局、生徒会長をやりながら二年生になっちゃったのだけれど。

正直、もう自分より強い男なんていないのかな、と諦めかけていた。

そんなとき、

彼に出会った。


初めて会ったときは、大人しい子だな、と思った。

いつもの癖で、声をかけた。一人ぼっちで、周りから邪険に扱われていて、可哀想《かわいそう》だったから。

ひょんなことから、過去がバレちゃって、それで仲良くなって……いい子だなって思った。こういう子が本当の〝いい子〟なんじゃないか、とか思ったりした。

思えば、そのときから、気になってはいたんだ。

強いわけじゃないって言葉を、言い訳にしていただけかもしれない。

それで……繁《しげる》から助けられたとき、逃げ場を失った雫花の感情は爆発した。

初めて出会った、自分より強い男――。

本気で好きになった。

あとはもう……雪だるま式だ。一緒にいればいるほど、どんどん好きになっていく。

美藍を助けたときや、恋人の聖地の件で、彼がただ強いだけではなく、優しさを持っていると知った。

それで雫花は、最初……大人しい感じの秋良《あきら》とだけ接していたときは、この優しさに惹《ひ》かれていたんだと、気づかされた。

優しさは、強さだ。

今はもう、好きで好きで仕方がない。

もう、秋良のことしか、見えないんだ。

*

「よし！」

雫花はベッドから起き上がった。

決意した。

手紙を使うとか、告白させるとか——作戦は全部失敗したけど、とにかく、彼のそばにいられるだけで幸せなくらい、私は、秋良くんが好きだ。

だから——今度こそ、打ち明けよう。

小細工なしの、真っ向勝負。

雫花はついに、告白する決意を固めた。

小さい頃の将来の夢って何でした？

強い男のお嫁さん！

今と同じなんですね
うん！

まあ、今の夢は秋良くんと結婚したい、だからちょっと変わってるんだけどね……！

秋良くんは？

僕ですか？僕は…友達百人……

いや、さすがに無理だってわかってるんで、今は十人くらいの友達ができるのが夢ですよ
めそめそ
わわわ、泣かないで！

誰も無理なんて言ってないのになぁ…

第4話　本当の強さ

1

雫花はさっそく、秋良にメッセージを送った。

雫花［秋良くん、明日の放課後、暇？］
秋良［すみません。明日は珍しくちょっと用事があって……］

出鼻をくじかれ、へこむ。
秋良くんも、いつもいつも暇なわけじゃないか、と思う。彼は日影市の番長なのだ。ヤンキー世界のことは部下たちに任せているとしても、ときどき出張る必要だってあるだろう。

秋良［明後日《あさって》なら大丈夫です！］

雫花「そしたら、明後日の放課後、屋上に来てくれる?」
秋良「了解です〜」

スマホを胸に抱いて、息をつく。

ちょっと先延ばし……でも心の準備をするには、いいかな。

「明日、美藍さんに相談するのもアリかも」

ついに告白するって決めたんだから、〝師匠〟の意見も聞いておきたい。なんていったってギャルなんだから、告白の経験とかもあるだろうし。いろいろお世話になってるから、ちゃんと報告したいし。

アポなしで話をしても大丈夫だろうから、今日のところは、もう寝よう。

雫花は、シャワーを浴びるために、部屋を出た。


翌日——週明けの月曜日。

若干ソワソワしつつも、一日の授業を終えた雫花は、帰り支度を済ませ、席から立ち上がった。

——一年E組に行ってみよ。

それで、美藍さんがいたら、生徒会室に誘って……。

「雫花さん、ちょっといいかな」

クラスメイトから声をかけられた。

国場剛志——美化委員の委員長。

一年生のときからのクラスメイトで、美藍の事件のときは、美藍について話を聞いたりもした。

見るからに人がよさそうな彼は、クラスでも友達が多い。ただ、一年生のときはちょっといじめられそうになったりもしたので、今、穏やかに学校生活を送っている彼を見るとホッとする。

みんなが安心して生活できるように高校を整えるのが、生徒会長の仕事だ。

「先週出た英語の課題、終わった？」

「うん」

先週、英語のリーディングの授業で、英字新聞の記事を一つ全訳するという課題が出ていた。機械翻訳に入れるとすぐバレるので、みんな必死で訳しているらしい。

「いくつか訳の解釈が気になってるところがあるから、よかったら、相談に乗ってくれないかな？」

ほかの人の意見を聞くのは、とても有意義だ。

雫花はすでに全訳済みではあったが、答えのある課題ではないので、誰かと議論したいという気持ちがあった。同じ単語でもいろいろな意味があるので、訳語の選定に関して、ほかの人の意見を聞くのは、とても有意義だ。

それから……。

――秋良くんのことも相談できないかな？　国場くん、同じ男の子だし、なんだろ……ちょっと大人しいところとか、秋良くん系の男の子って感じがするし。

明日の告白に備えて、情報を仕入れておきたいところだった。

ちらっと、教室内を見る。

何人かのクラスメイトたちが、教室に残って雑談していた。

――うーん、ここで相談するのは、ちょっとなぁ。

「みんなの邪魔になったら悪いし、場所変えない？」

国場が言った。

「せっかく授業が終わったのに、これ見よがしに課題を広げるってのは悪いじゃん」

「そうだね」

――ラッキー、国場くんのほうから提案してきてくれた。

「そしたら、生徒会室なんてどう？　今日、生徒会の人誰もいないし、邪魔にならないと思う。きっと集中できるよ。それから……」

雫花は小声になって。

「課題とは別に、相談したいことがあるんだ」

「会長が相談事？　いつも相談される側だろう？　珍しいね」

「悩みなさそうに見えるかな？」

「いや、会長って何でもできるから、問題があっても一人で解決できそうだなって思って。この間も、相談に乗るよって言ったけど、平気だったみたいだし」

美藍の事件の話をしているのだろう。

「まー、私もスーパーマンじゃないからさぁ。男の子の意見を聞きたいんだ」

「へぇ……つまり、恋愛相談だね？」

「え⁉　わ、わかっちゃうの⁉」

困ったなぁ。友達の話ってことにしようと思ってたのに。

「雫花さん、わかりやすいなぁ。ははっ、いいよ、任せて」

国場は笑った。もしかしたら鎌をかけられたのかもしれない。

やっちゃったなー、と頭をかきつつ、雫花は国場と一緒に生徒会室へ向かった。

「それで、ここは関係代名詞の非制限用法って解釈して……」

生徒会室。

雫花と国場は並んで座って、課題を広げていた。

「なるほどねぇ。いやあ、やっぱり雫花さん、頭いいなぁ」

「それほどでも」

雫花は照れた。

褒められるのはやっぱり嬉《うれ》しいものだ。

「うん、これでだいたい疑問点はなくなったよ。自信持って提出できそうだ」

「私も、説明しながらいろいろ検討できたから勉強になったよ！」

「それで、相談があるんだっけ？」

「うん。実は……」

「あ、ちょっと待って。お礼にさ、こんなものを持ってきたんだ」

おしゃれな装飾が施された筒を二つ、国場は取り出した。

「——紅茶？」

「ああ。父が最近、仕事でイギリスに行ったから、土産で買ってきたんだ。お礼にあげるよ」

「え、そんな……高価でしょ？」

「それほどじゃないよ。こっちは雫花さんのおうちの分で、これは生徒会の……」

「悪いなぁ。この前も、お菓子もらったばかりなのに」

国場は頻繁に、生徒会に差し入れをしてくれる。

「生徒会のみんなは、学校のためにいろいろ働いてくれてるからね。うちはお金に余裕があるし、ま、寄付みたいなものだよ」

「ありがとう。みんな喜ぶと思うから、お言葉に甘えてもらっちゃうね」

国場の家は資産家らしく、やることなすこと、何でも品がいい。わざわざお土産を持って課題を教わりにくる高校生なんているだろうか？

でも、父親が仕事でイギリスに行くような家庭にいるのに、英語の質問を雫花にしてきたのは不思議だった。父親に訊《き》けばいいのに、と思う。ただ、この年になって親に勉強を訊くのは気恥ずかしいのかも、とも思う。

「せっかくだから、今から飲まない？」

高価なものをもらったので、訊いてみた。雫花の家用にもらったものを開けて飲めばいいだろう。

「悪いね。じゃあ、僕もお言葉に甘えて」

ニコッと笑うと、国場は席を立った。

「僕が淹《い》れてくるから、雫花さんは待ってて」

「でも……」

「僕だってお湯くらい沸かせるよ。給湯室で沸かして持ってくるから。その間に、相談内容でも詰めておいてよ」

部屋を出ていく国場。

雫花は赤くなる。

——国場くん、女の子の扱いも慣れてそう。これは、けっこういいアドバイスがもらえるかも？

ただ、ちょっと意外だった。国場は大人しい感じだったし、失礼だけど、恋愛経験が多くないほうだと思っていた。でもこの感じだと、女の子が喜ぶことを知り尽くしていそうだ。紅茶を持ってくるところとか、自分で淹れてくるところとか……。

恋愛経験豊富と見た。

男性版師匠としてお世話になろう、と勝手に決めた。

「お待たせ」

ほどなくして、国場がマグカップを二つ手に持って帰ってきた。

「ありがと。いい香りだね」

雫花はマグカップを手に取り、香りを味わった。

そして、一口飲む。

渋みは少なく、あっさりした口当たり。鼻を抜ける香りが心地よい。

「どう?」

「おいしい。ありがと。家族も生徒会のみんなも喜ぶと思う」

国場の問いに、雫花は笑顔で答えた。

「よかった。それじゃ、相談事を聞こうか」

「う、うん。えっとね……もうバレてる感じだから言っちゃうけど、私、好きな人がいるの」

「ははっ、やっぱりそうか。その人に気持ちは伝えたの?」

「まだ。伝え方がわからなくて」

緊張すると喉が渇く。

雫花は紅茶を無意識に口に運んだ。思ったより熱くない。紅茶は熱々のお湯で淹れると聞いたことがあるけど、この紅茶はそうしないタイプなのかな?

いやいや、今は相談事に集中しなきゃ。

「彼、私のこと、どう思ってるのかも全然わからないから、告白するのもちょっと怖くて……」

「あんまり話をしたことがない相手なの？」

「学校では普通に話をしてる。でも、ただの友達だと思われてる可能性だってあるでしょ？」

「雫花さんはその人と、ただの友達でいいの？」

「イヤ！」

思いのほか大きな声が出て、雫花はびっくりした。

それだけ、秋良《あきら》と付き合いたいという気持ちが、自分の中で大きくなっているのだと理解する。

「だったらさ、告白してみなって。雫花さんならきっと大丈夫だよ」

「そうかな？」

「だって雫花さんは美人だし、優しいじゃん。外面と内面、両方を持っている。ミスコンで優勝してて、生徒会長としても人望が厚い。この学校にいるすべての男が、本当は君みたいな彼女が欲しいんだ。断られるわけないって」

「国場くん、褒めすぎだよ」

照れた。

そして自信になった。

「ありがとう。私、告白する。ストレートに。実は国場くんに、どうやって告白したらいいかなって相談しようと思ってたんだけど、やめる。もう小細工抜きで告白するよ！　国場くんのおかげで、決心がついた！」

「力になれたなら嬉しいよ」

国場は微笑《ほほえ》む。

「もしよかったらなんだけどさ、誰に告白するか、教えてくれない？」

「ええ⁉」

それは……けっこう恥ずかしいな。

でも、ここまで親身に相談に乗ってもらったんだし、告白したらどうせ学校中の噂《うわさ》になるだろうし、言っちゃってもいいかな。

「――一年E組の、小暮秋良くん」

雫花が顔を赤らめながら言ったそのとき、

「――そっか」


国場の表情から、感情が消えた。

え、何？

あまりの空気の変化に、雫花は戸惑った。

同時に、視界がぼんやりとボヤけてくるのを感じた。

そういえば、さっきから頭にかすみがかかったような感じがして、思考がうまくまとまらなかった。恋愛相談なんて慣れないことをしていたからなのかと思っていたけれど、これはいくらなんでもおかしい。

なんだろう、ものすごく眠い。

徹夜明けの日みたいに、瞼《まぶた》と瞼が、凄《すさ》まじい力でくっつこうとしている。首もすわりが悪くて、気を抜いていると、ガクッと折れてしまいそうだった。

「国場くん、ゴメン。私、ちょっと……」

昨日、興奮して眠れなかったのかな？　寝たつもりだったけど……。

とりあえず、トイレにでも行って、顔を洗おう。

そう思い、立ち上がろうとしたが……。

体に力が入らず、雫花はそのまま転倒してしまった。

2

秋良が放課後、校門を出ると、繁《しげる》が門の前で待っていた。

いつもの黒のジャージ姿。それが佐曽利《さそり》工業高校のジャージだと、日影高校の生徒はみんな知っているので、繁を避けるようにして、下校中の生徒たちは歩いていた。

繁は気にするでもなく、ズボンのポケットに両手をつっこみ、くっちゃくっちゃとガムを噛《か》みながら立っていた。

「おつかれっす」

秋良に気づくと、軽く会釈《えしゃく》してくる。

「じゃ、行きましょっか」

「はい、行きましょう」

秋良と繁が連れ立って歩き出したのを見て、周囲の生徒たちが震撼《しんかん》する。

「い、陰キャが一人連れ去られるぞ!?　いいのか、ほっといて」

「だけど、あいつ、佐曽利工業のやつだろ？　どう見てもヤンキーだし……」

「尊い犠牲だった……」

みんな秋良のほうがボスで繁が手下だとは夢にも思っていない。

生徒たちの涙の送別を受ける秋良であった。


連れていかれたのは、大学近くの学生街のアパートだった。

二階建ての、見るからに家賃が安そうなアパート。もちろんオートロックはなく、二階には外階段で上がる形だ。

「舎弟を呼んであります。外階段の前に一人、道のところに一人」

繁が指さしながら言った。指の先には、繁と同じ黒ジャージのヤンキーが立っている。

「自分たちは、玄関からまっすぐ向かいます。おい、やつは家にいるか」

「はい。夕方ごろ家に帰ってきてから、出てきてないです」

外階段の前にいる舎弟が答えた。

「行きましょう」

「はい」

繁、秋良の順で、外階段を上っていく。

「やつの部屋は２０３です。ここですね」

ピンポン、と繁がインターフォンを押した。

反応はない。

だが、道のほうで、部下が叫んだ。

「繁さん！　窓からやつが出てきました！　飛び降りやがった！」

「何⁉」

繁が驚きの声を上げる。

秋良の判断は早かった。

柵を越えて、一階に飛び降り、そのままアパートの前まで走った。

大学生くらいの男が道を走っていく。

その背中を、まっすぐ走って追った。

男は後ろを振り向き、秋良の存在に気づき、走るスピードを上げる。だが秋良のスピードはもっと速い。

路地へと走りこんだところで、秋良は男に追いつき、その背中に蹴りを入れた。

男は前のめりに吹っ飛び、ゴミバケツに頭から突っ込んだ。

バケツが吐き出したゴミの中に埋もれた男を、秋良はじっと見下ろす。

男はしりもちをついたまま、恐怖に顔を歪《ゆが》め、ただ、

「違うんだ」

とだけ言った。

「おい、何が違うんだ」

追いついてきた繁が、問いかける。

「俺は、頼まれただけなんだ！　ただ、連絡を回してただけ！　大金をくれるって言うから……。俺、パチンコでデカい金すってて、親からもらった大学の授業料、使い込んじゃってて、それで……」

ぺらぺらと喋《しゃべ》るが、必要な情報は一向に喋らない。

「誰に頼まれたんです？」

秋良が問うと、男は黙りこくった。

簡単に吐く気があるんだったら、逃げたりはしないだろう。

「言っておくけどな」

繁が口を開いた。

「俺たちにバレた以上、全部話しておいたほうが、あとあと都合がいいぞ？」

「喋ったら殺される！」

男は恐ろしい怯《おび》えようだった。

そんなに親玉が怖いのだろうか。いったい何者だ？

「喋らなかったら、俺たちがおまえを殺す」

繁がすごむと、男は「ひいっ」と情けない声を出した。

「喋ったら、どうするんだよ。許してくれるのか？」

「ボコす」

「そんな！」

「当たり前だろ！　おまえは、人様に迷惑をかけた。報いを受けるべきだ」

「うっ、うっ……」

「だが……ボコすだけだ。指も全部揃《そろ》ったままだろうし、一か月も寝てればよくなる。ゲロっておけば、おまえをビビらせてる親分のほうは、俺たちがぶっ飛ばしてやるよ。ですよね、番長」

「はい。任せてください」

秋良は頷《うなず》いた。

ちゃんと、悪は元から断つ。

雫花先輩を傷つけるやつは、絶対に許さない。

男は悩んでいるようだったが、

「本当に、守ってくれるんだな？」

念を押すように訊《き》いてきた。

「約束します」

「――わかった。俺に噂を流すように指示したのは……日影高校二年F組の、国場剛志って男だ。美化委員会の委員長をしてるやつ」

「日影高校の生徒だとぉ？」

繁は男を睨《にら》みつけた。

「普通高校の生徒が、何でそんな噂流すんだ？　嘘《うそ》ついてんじゃねぇだろうな？」

「う、嘘じゃない！　あいつは資産家の息子で、金を持ってるから、ヤンキーを手駒にして、たまに悪さしてるんだ」

「知ってますか、番長」

「知りません」

秋良《あきら》は首を横に振った。初耳だ。

「そりゃそうだよ。隣町のヤンキーを使ってるんだから。日影市のヤンキーは、チームや番長への忠誠心が強いから、金なんかじゃ動かない。それに国場は基本的に日影市じゃ悪さをしない。日影市で生活してるのに悪さなんてしたら、すぐ明るみに出て捕まっちまうからな」

「……だったら、知らなくても無理はないですね。僕たちの耳に入ってこないのも」

「ゴミ野郎じゃねぇか」

繁が不機嫌そうに言う。

「繁くん、彼のことは頼みます。国場を処理し終わるまで、安全な場所にかくまってあげてください」

「了解っす。ダチのアパートに隠しときます」

「ありがとうございます。僕はとりあえず、雫花先輩に話をしようと思います」

「うっす」

繁は男を引っ立てて、部下たちと去っていった。

秋良はスマホをポケットから引っ張り出す。

雫花と一緒に買ったカピバラのストラップを摑《つか》んで、引き出したのだが……

――ブチッ！

っと、乾いた音がして、紐《ひも》が切れた。

手の中には、カピバラのぬいぐるみだけが残り、スマホはポケットに収まったまま。
嫌な感じがした。
ざらざらした感覚が、胸の奥に広がる。
気を取り直し、秋良はスマホを摑んで、雫花へと通話を発信した。
「……出ない」
――胸騒ぎがする。
秋良は足早に学校へ向かった。

3

放課後の生徒会室――。
少女――高崎雫花が、床に横向きに倒れている。
艶《つや》やかな長い髪が無造作に床に広がっていた。
そんな雫花を見下ろす少年が、一人――。
国場剛志。
国場はそっと、雫花のそばにかがみ、彼女が完全に意識を失っているのを確認する。

――びっくりするくらい、簡単だったな。

国場は暗く笑った。

最強の女番長だというから、もっと警戒してくるかと思った。実際は、何の疑いも持たず、国場が差し出した紅茶を飲みほした。睡眠薬が入っているとも知らずに。

ヤンキーを引退して時間が経《た》っているからヤキが回ったのか、所詮、最強とは噂《うわさ》だけで、大した存在ではないのか……。

あるいは、国場の擬態がうまく行きすぎて、完全に安心させられたのか……。

いずれにせよ、お高くとまっていたとしても、国場の敵ではない、とわかった。

――思い知るといい。僕の怖さを。僕をないがしろにしたらどうなるのかを。

スマホを取り出して、手下へと電話する。

「女が眠った。運べ」

数分で、日影高校の制服を着た男が二人、生徒会室に入ってくる。

二人は制服を着てはいるが、この学校の生徒ではない。国場の忠実な下僕たちだ。

彼らは雫花を両サイドから挟み、一見すると肩を貸しているような体勢で移動を始める。

実際にはほとんど引きずっている状態だ。

二人が雫花を引っ張ろうとしたら、何かが机の脚に引っかかって、雫花を動かすことができなかった。

男の一人が強引に雫花を引っ張ると、ブチッと小さな音がして、カピバラのぬいぐるみが床に転がったが、その場にいる誰も、気にも留めなかった。

それより、早くこの場を離れるのが大切だった。

4

秋良は学校へと走った。

昇降口で靴を履き替え、校内に走りこむ。

と、美藍と出くわした。

おおかた、クラスで友達と駄弁《だべ》っていて、今から帰り、という感じだろう。

「よー、陰キャ。どしたの？　忘れ物？」

「雫花先輩、学校にいるか知りませんか？　連絡がつかなくて」

「急ぎの用なのか？」

秋良の声音が必死なのに気づいたのか、戸惑った感じで美藍が訊いてくる。

「急ぎってほどじゃないですけど、雫花先輩に恨みを持ってる人がいるってわかったんで、早く知らせたほうがいいかな、と思って」

「会長に恨みを持ってるやつなんているのか？　あんないい人なのに。どこのどいつだよ、まったく」

秋良は一瞬、美藍に国場の話を伝えるか迷った。

正直、まだ確定したわけじゃないし、国場は、美藍にとっては委員会の先輩だ。彼の醜聞なんて、聞きたくないかもしれない。

だが、雫花の安全が優先だと考えて、秋良は言った。

「国場剛志さんです。雫花先輩のクラスメイトで、美化委員会の委員長の」

「国場さんが⁉　ありえないだろ⁉」

「僕もまだよくわかってないんです。ただ、近しい人だから、早く警告したほうがいいと思うんです」

「まあ、そうか……陰キャがバカな嘘をつくわけないし。わかった。連絡取れないなら、とりあえず、二Fに行ってみよう。教室で誰かと駄弁ってるのかもしれないし」

二年F組に着いた秋良と美藍。

とりあえず美藍が、駄弁っているギャル二人に、「会長見なかった？」と訊いた。

「会長？　そういえばいないね」

ギャルの一人が首をかしげる。

「会長だったら、クラスの子に英語教えるみたいな話をしてたよ」

別のギャルが言った。

「生徒会室に行く感じだった。邪魔が入らないから勉強が捗《はかど》るんだって」

「まー、あたしらが駄弁ってるところで勉強はきついよねー」

きゃはは、と笑うギャルたち。

「相手は誰ですか？」

秋良は嫌な予感を覚えながら訊く。

「国場」

秋良と美藍は顔を見合わせる。

美藍が、「生徒会室、行こう」と言ったので、秋良は走り出した。

美藍は「ありがと！」と二人のギャルに言って追いかける。

ギャル二人は特に秋良たちを気にするでもなく、また会話に戻っていった。

秋良は焦《あせ》っていた。

まだ何も確定していない。

けれど状況がどんどん、国場と雫花を近づけていく。

秋良の心は焦燥に駆られていく。

嫌な予感が渦巻いている。

何事もなければいい。ただの杞憂《きゆう》だったら、笑おう。

早く雫花の笑顔が見たかった。

生徒会室の戸を開けたら、きっと迎えてくれる。

そう信じていたのに——。

生徒会室の前に着くと、最初から戸は開け放たれていた。

足を踏み入れる、秋良と美藍。

「誰もいないな」

美藍が言った。

「電気は消えてる。帰ったんじゃないか？　もう五時過ぎだし。鍵は、見回りの先生が閉めてくれるだろ、たぶん」

秋良は無言で、部屋の中を見回した。

そして——

見覚えのあるぬいぐるみを見つけた。


カピバラのぬいぐるみ。

昨日、雫花とお揃《そろ》いで買ったもの。

さっき、秋良《あきら》の手の中で壊れてしまったのと、同じもの——。

「何か、あったんだ……」

秋良はつぶやいた。

「なんでわかるんだよ」

不安げに、美藍が訊《き》いてくる。

「これ。雫花先輩がスマホにつけてるストラップなんです」

秋良はカピバラを拾って、美藍に見せた。

「壊れて落ちてた。もしかしたら無理やり、連れ去られたのかもしれない」

「そんな……！　犯人は……国場さんってわけか」

「可能性が一番高いのは彼です」

「ヤバいじゃないか。どこに連れ去られたんだ⁉　って、わかるわけないか……。何の手がかりもない。クソっ、でも会長にかぎってみすみす連れ去られるなんて……」

「僕もそう思いました。けれどスマホがここにないってことは、雫花先輩はスマホを持っているけれど、何らかの理由で連絡が取れない状態にある可能性が高い。逃げ切れたんだったら、連絡が取れるはずです。間違いなく、捕まってる。つまり、行動を封じられてるんです。たとえば……」

秋良は、流しの横の籠に置かれているマグカップ二つを見た。

綺麗《きれい》に洗われている。しかし、生徒会室のカップではない。

「――薬を盛られたから。雫花先輩は美化委員会の委員長である国場さんを信頼してました。国場さんが薬を盛るのは簡単です」

「じゃあ無抵抗の状態で連れ去られたってことか？　女が男に？　どうしよう。会長、このままじゃ……」

秋良は寒気がした。

雫花先輩が、さらわれた。最悪の状況で。

このままだと彼女は――。

怖かった。

彼女が傷つけられるところを想像するだけで、震えが止まらなかった。

「ダメだ、会長、電話に出ないよ。ああ、どうしたらいいんだ！　会長、アタシを助けてくれたのに、アタシは何にもできない。ちくしょう！」

今にも泣き出しそうな美藍。

だけど美藍の言葉で、秋良は我に返った。

——雫花先輩は、僕を助けてくれた。

一人ぼっちだった僕に、たった一人だけ、手を差し伸べてくれた人。

誰にでも優しくする人だし、僕はその中の一人でしか、なかったのかもしれない。

だけど僕にとって彼女は——

世界で一番大切な人で。

そして今は、それだけではなく……。

「美藍さん。心配しないでください」

「え……？」

「雫花先輩は、僕が絶対に守ります。日影市の番長の名にかけて」

秋良はスマホを取り出した。

コールする。

《もしもし、繁《しげる》っす。番長、何か……》

「繁くんですか。番長権限を発動します。日影市のすべてのヤンキーチームのヘッドに、〝番長〟小暮秋良の命令として通達してください。チームメンバーを総動員して、高崎雫花の行方を捜せ、と」

《了解です！》

――日影市のヤンキーたちによる〝狩り〟が始まった。

5

体に痛みが走って、雫花は目を覚ました。

頭が痛い。体中がだるい。

目を開けると、辺りが埃《ほこり》っぽく、薄暗い場所だとわかった。自分が冷たいコンクリートの床に転がされていることも。乱暴に床に放り出された痛みで、眠っていた自分は目を覚ましたらしい。

男たちが雫花を見下ろしていた。

数は、およそ二十。そしてその真ん中で、雫花を見下ろしているのが……。

「国場くん……どうして、こんなことを……？」

ショックだった。国場はクラスメイトで、いい人だと思っていた。美藍の件ではお世話になったし、雫花がちょっと悩んでるときに声をかけてくれたし……。相談に乗ってもらっていなくても、そういう心遣いは嬉《うれ》しいものだ。生徒会へのお土産だって、純粋に嬉しかった。

それなのに、どうして……。

おおよそ、どういう事態が起きたのか、雫花は理解していた。飲んだ紅茶に薬が入っていて、自分は昏倒《こんとう》。そしてここまで運んでこられた。

仕組んだのは、国場なのだろう。

「どうして？　私、何かした？」

雫花は話しながら、ゆっくりと立ち上がった。ふらつく。まだ思うように体が動きそうになかった。

「君がいけないんだよ」

国場の表情は穏やかだった。いつもの、人のよさそうな顔。口調は、まるで諭すような感じ。

雫花がミスをしたのを、穏やかにとがめているような、そんな感じ。

「君が、あんな男と一緒にいるから」

「あんな、男……？」

「わかるだろ？　あの陰キャ野郎だよ。一年の、眼鏡のガキ」

「秋良くんのこと？　どうして秋良くんと私が一緒にいるのがいけないの？」

「だって……」

国場は非常に不愉快だ、と言いたげに顔をしかめると、

「君は、僕を愛していたはずだろう？」

低く唸《うな》るような声で、言い放った。

雫花は耳を疑った。

国場の発言の意味をとらえられなかった。

私が、国場くんを、愛してる？　え？　どういう意味？

「な、何言ってるの……？」

そう問い返すのがやっとだった。

だが、その問いは、国場の逆鱗《げきりん》に触れたようだった。

国場の様子が、一変する。

「そうやって、とぼけるのか⁉　俺のことを愛していたくせに、そうやって……！」

怒りに顔を赤くし、眉を吊《つ》り上《あ》げて、雫花をなじる。口調もいつもでは考えられないくらい乱暴になっていた。

「待って。私たち、ただのクラスメイトだよね？　恋人でも何でもなく……」

「いいや違う。君は俺を愛していた。だって、一年生のとき、俺を助けてくれたじゃないか」

いじめに遭いそうになっているのを未然に防いだのを言っているのだろう。

たしかに助けた。でもあれは、人として正しい行いをしただけで、国場に特別な感情を抱いていたわけではなくて……。

「それだけじゃない。俺とはクラスでよく話をするじゃないか。俺からのお土産だって、喜んでもらってただろう？」

お話はまあするかもだけど、ほかの子ともするし……お土産だって、くれるものを突き返すのは違うかなって思ったし……。

雫花は困惑する。

そんなの、ぜんぜん特別なことじゃない……！

「俺のことが好きなくせに、俺以外の男たちに色目を使うなんて間違っている。あの陰キャだけじゃない。クラスメイトの男子と談笑したりするのも許せなかった。家にまっすぐ帰らず、カフェに寄って、男性店員に微笑《ほほえ》みかけられているのも気に入らない」

ちょっと待って。

なんで私がカフェに行ってるのを知ってるの……？

「だけど一番許せないのは……あの陰キャ男とデートしてることだ。しかも、恋人の聖地に二人で行くなんてありえない！」

なんでそんなことまで知ってるの？

国場くん、まさか……。

「あなた、私のストーカー……？」

「人聞きの悪いことを言うな！　恋人の行動を監視するのは恋人の権利だろう⁉」

意味がわからない。

まったくの一方通行。

雫花は恐怖すら覚えた。

こんな思い込みで復讐《ふくしゅう》されたら、防ぎようがない。

「――君が陰キャと知り合う前から、君の不貞行為には本当にうんざりしていた。だからね、罰を与えようと思ったんだよ。探偵を雇って、君の身辺を調査し、君の弱みを探った」

　雫花の頭の中で、さまざまな事実がつながった。

「それで、私がサイレント・ライオットだっていう話を摑《つか》んで、ヤンキーたちに流したんだ？」

「察しがいいね。そうだよ。いい弱みを見つけた、と思った。サイレント・ライオットに恨みを持つヤンキーは多い。なんていったって、元番長だ。ずいぶんいろんなやつを倒しただろう。だが、いつの間にか噂《うわさ》は立ち消えになってしまった。誰のせいだかわからないが……ともかく、情けない連中だよ、ヤンキーどもは。だから直接、手を下すことにした」

　心の中が冷え切っていくのがわかった。

　いったい、私がどんな思いだったか。繁に脅されて、どれだけ怖かったか……。

　私があなたの恋人？

　冗談じゃない！

「あなた、最低だね」

「はぁ、まったく、減らない口だ。お仕置きが必要だな。さあ、みんな」

パンパン、と手を叩《たた》くと、国場の背後の男たちが、じりじりと、雫花との距離を詰め始めた。

「俺の愛を裏切った罪は重い。さあみんな、この子のこと、好きにしていいぞ」

男たちが一斉に飛び掛かってきた。

雫花は一歩引いて、複数の攻撃を避け、一人の男に蹴りを見舞った。男は顔をしかめながら後退する。

その間に別の男がパンチを繰り出してきたので、腕ごと掴んで、背負い投げした。投げられた男の体が、数人をなぎ倒していく。

「はぁ、はぁ……」

普段だったら敵じゃない相手たちだった。

だが、薬の残る雫花の動きに、普段のキレはない。

6

その日、番長権限が発動した。

番長直々の命令は珍しい。番長はヤンキーたちの自主性にほとんどの物事を任せている。

原則、各チームのヘッドの指揮下に入る形で、ヤンキーたちは統率されている。

いったい何事だ、とヤンキーたちは皆、思った。

川村繁《しげる》を経由し、各チームのヘッドから伝達された内容を知り、ヤンキーたちは納得した。

高崎雫花という女子高校生が、薬を飲まされ、拉致された。何をされるかわからない。

至急、捜し出せ。

ヤンキーたちは不良で外れ者だが、無法者ではない。

悪事をまったくしないというわけではないが、きちんと一線を引いている。

この日影市に、その一線を越える悪党が現れた。

粛清すべきだ。

町は、俺たちが守る。


クラウド上に、情報掲示板が立った。

町に散ったヤンキーたちが、さまざまな目撃情報を集め、次々に書き込んでいく。

町を歩く者への聞き込み、自らの目撃情報などなど……。

書き込まれた情報は、別のヤンキーたちが選別し、川村繁へと伝達。情報の有効性を繁が最終判断し、秋良《あきら》のスマホへメッセージとして送信する。

——日影高校内で、女子生徒に肩を貸しながら歩いている男たちがいた。その女子は、生徒会長に似ていた。男たちは誰かわからない。

——ぐったりした高校生らしき女性を車に乗せようとしている男たちがいた。

——黒のワゴン車でナンバーは＊＊＊＊。

——港湾地区で同じナンバーのワゴン車が目撃されている。

「す、すごい……ヤンキーたちって、こんなに優秀なんだ」

生徒会室で秋良のスマホに届く情報を見て、美藍が感嘆の声を上げた。

「ラッシュ・モトリー、イーブル・プリースト、シルバー・スコーピオン、Rチルドレン……すべてのチームに長い歴史があります。ただ喧嘩《けんか》だけやってたわけじゃないんです。ヤンキーとして生き残るためのノウハウを蓄積していますし、プライドもあります。だから——僕は信頼しています。彼らの力と、良心を」

秋良は立ち上がり、生徒会室の出口に向かう。

「ここまでわかれば、おそらく場所は、港湾地区の廃倉庫でしょう」

「ヤンキーどものたまり場になってるあそこか？」

「はい。ほかにありません。僕自ら向かいます」

「秋良！」

美藍が呼び止める。

「気をつけて。相手は相当、卑劣なやつだ。会長を、頼む」

「任せてください」

校門の前に行くと、一台のバイクが猛スピードで横付けしてきた。

運転手がバイザーを上げると、繁の顔が現れた。

ヘルメットを投げてよこしてくる。

「番長。後ろに乗ってください。廃倉庫っすよね？　送ります」

「ありがとうございます」

秋良はヘルメットをかぶり、バイクの後部座席にまたがった。

「飛ばしますよ！」

バイクが急発進する。

――雫花先輩、待っててください。絶対、僕が助けますから。

繋が近道をうまく使ってくれたので、ほどなくして、廃倉庫に着いた。

しかし――

「用意周到っすね、敵は」

廃倉庫の前には、ヤンキーたちが待ち構えていた。その数、十人程度。

手には鉄パイプやら角材やらナイフやら……武装までしている。

秋良は歯噛《はが》みする。

全滅させるのは難しくないが、今は時間が惜しい。

と――。

「番長、先に行ってください。ここは俺が引き受けます」

繋が首をバキバキ鳴らしながら前に出た。

「……いいんですか？」

「はい。番長には借りがあります。おイタを見逃してくれたって借りが。ここで返しときますよ。その代わり……」

繋は挑戦的に笑う。

「俺はまたテッペンを目指しますから」

「――ありがとう、繋」

秋良は地面を蹴り、走り出した。

ヤンキーの一人が襲い掛かってくるが、

「てめぇの相手は俺だ！」

その後頭部めがけて、繁が蹴りを入れた。

不意打ちを食らったヤンキーは地面をゴロゴロ転がる。

秋良は廃倉庫の中へと消えた。

廃倉庫の入り口を背にするようにして、繁は立った。

「番長とやり合いたいなら、俺をボコしてからにしろ！」

ヤンキーたちはニヤニヤ笑いを浮かべる。

うち、一人が言う。

「おまえ、川村繁だろ？　この間、番長に負けたっていう。まったく戦わないで降参したんだって？」

「なんだ、腰抜けか」

「番長にゴマすりたくて、虚勢を張ったのか？」

「バカは早死にするぞ？」

ヤンキーたちは口々に言う。

明らかに繁をバカにしていた。

「ナメられたもんだなぁ」

繁は頭をかく。

情けない。これじゃあ、テッペン獲《と》るのはまだまだ先だな……。

繁の背後で、立ち上がる影があった。

先ほど、繁の蹴りを食らって地面に転がっていた男だ。鉄パイプを振り上げて、繁に振り下ろした。

繁は背後を確認せずに攻撃をかわすと、右ひじを後ろに引いた。

男の腹に肘がクリーンヒットし、男はその場にくずおれる。

シーン、と静まり返るヤンキーたち。

「悪いけど、俺、強いぞ？」

ニイィっと繁は笑みを浮かべると、次の犠牲者めがけて駆けだした。

7

雫花は五人のヤンキーを戦闘不能にした。

しかし、それが限界だった。

右腕、左腕を一人ずつのヤンキーに押さえられ、身動きが取れなくなっていた。

「くっ……」

いつもだったらこのくらいの力で腕を摑《つか》まれていても、大した問題にならないのに。

そもそも、この程度の連中に不覚を取るなんて、ありえないのに。

「ずいぶん手こずらせてくれたな」

国場が取り押さえられた雫花の顔を覗《のぞ》き込んでくる。

笑顔だった。

穏やかな笑顔……。

「薬が効いてるのに、ここまで動けるなんて。さすがだよ、サイレント・ライオット。だけど――」

思いっきり、腹に蹴りを入れられた。

「うぐっ！」

鈍い痛みに、うめき声が漏れる。

「……所詮、俺に敵《かな》う器《うつわ》じゃない」

くっくっ、と国場は喉を鳴らして笑った。

「どうだい、俺の蹴りの味は？」

雫花は荒い息をしながら、見返すだけで答えなかった。

ただ、驚いていた。

国場は、この場にいる男の中で最も強い。蹴りを食らえばわかる。重みが違った。

きちんと訓練を受けた人間の蹴りだ。

「俺が陰キャっぽいから、力は弱いと思っただろう？　違うんだよ。学校では大人しく過ごしていただけ。わざわざ目立つ必要もないからね。将来、世界を担《にな》うべき人間である俺は、ちゃんと格闘技も修めている。空手の大会で、中学のときは全国大会に出てるんだ。知らなかっただろうけど」

もう一発、蹴りを放ってくる。

雫花はよけられない。腹に受けるしかなかった。

「くっ」

目を閉じて、痛みに耐える。

「普通に戦っても、君に勝てただろうけど、まあ、抵抗されるのも面倒だしね。それに、一方的にいたぶるほうが、俺は好きだ」

もう一発蹴り。

もう、声を出す力も残っていない。

「――君が止めたいじめ。あのいじめっ子たちだって、俺の経済力と腕力を使えば、いくらでも報いを受けさせられた。でも君が助けてくれたから、軽い罰にしといたよ。彼らのおかげで、君と出会えたんだから、感謝してるんだ。でも、もう俺の顔を直視できないくらいには怖がってるみたいだけどね。一人は転校しちゃったし」

あはは、と楽しそうに笑いながら、再び、蹴りを入れてくる。

国場は、ぐったりと頭《こうべ》を垂れる雫花の髪を摑み、無理やり引き上げた。

楽しそうに、顔を覗き込んでくる。

雫花は痛みに耐えながら、精一杯、睨《にら》むことくらいしかできない。

「君は強い男と結婚したいんだろ？　俺は強いぞ？　力も、知力も、財力もある。いずれ、社会的地位も手に入れる。すべてを持っているんだ」

「あなたは……弱い」

息も絶え絶えになりながら、雫花は言い返した。

「最弱の……人間だよ」

「ふぅん。言うじゃないか。でも君は、そんな俺に負けるんだよ？」

国場の笑みが消えた。

「おい。この女を裸に剝《む》け。それで写真を撮ったら、好きにしろ」

ひゅーと喜びの声が上がる。

「雫花。もしここであったことをバラしたら、君の裸の写真をネット上にばらまく。いいね？」

「…………」

雫花は答えなかった。

うなだれているだけ。

体が、動かない。

怖い。

嫌だ。

でも、どうしようもない。

——もしかしたら、これは罰なのかもしれない。

そんな風に思った。

ずっと、みんなの期待に応えられるように動いていた。

でもそれは全部、自分可愛《かわい》さでやっていただけのこと。

自分をよく見せようとし続けていたから、国場みたいに誤解する人間が現れた。

――私のせいなんだよ、きっと。
そうやって諦めることで、これから行われる恐ろしい暴力を受け入れる準備をする。
心を守るために。
両目から涙だけがあふれる。
怖いよ。
助けて。
誰か……誰か………。
脳裏に浮かぶのは、一人の少年の笑顔。
眼鏡をかけた、ちょっと陰のある少年。
彼の、優しい笑顔。
そして眼鏡を外したときの、凛々《りり》しい表情。
「秋良《あきら》くん……助けて………」
この瞬間、雫花はか弱い一人の少女だった。
追い詰められた灰かぶり《シンデレラ》。
そして灰かぶりの前には――――

「待て」

突如、闖入者《ちんにゅう》が現れ、国場とヤンキーたちは、入り口を見た。

一人の少年が、入り口に立っている。

地味な眼鏡と、野暮ったい前髪。ちょっと猫背で、存在感のない体軀《たいく》。

小暮秋良だった。

「これはこれは陰キャくん。まさか君のお出ましとは！」

国場はパチパチと両手を叩《たた》き、まるで歓迎するかのような声を上げた。

「いったいどうやってここまで来たんだい？　すごいね？　はは！　ちょうどいいよ。これから君の大好きな生徒会長を、この俺がおいしくいただいてあげる。よーく見て――」

ドンッ！

という鈍い音が、廃倉庫に響いた。

「ぐふぉっ‼」

雫花の目の前から国場が消えた。

一瞬で国場と距離を詰めた秋良が、その顔面に思いっきりストレートをぶち込んだのだ。

国場は吹っ飛ばされ、地面を滑っていった。


「――国場。俺の大切な人に手を出すなんて、いい度胸だな」


秋良は眼鏡を外し、髪をかき上げた。

普段の陰キャな雰囲気が霧散し、堂々とした男が、そこに現れる。

〝番長〟小暮秋良が――。

8

秋良はすぐに、雫花を両サイドから押さえている男たちの顔面に、立て続けに拳をお見舞いした。

男たちはいとも簡単に無力化され、地面に沈む。

解放された雫花は、そのまままくずおれそうになるが、優しく抱きとめられた。

「雫花先輩、大丈夫ですか⁉」

「うん、何とか」

「ごめんなさい、遅くなって……」

「秋良くんが謝らないで。悪いのは、私だから……不注意だったし、国場くんに、誤解させちゃった……」

「雫花先輩が悪いわけないです。悪いのは――」

秋良は、起き上がろうとしている国場を睨みつけ、

「あいつです」

唸《うな》るような声で言った。

「君、まさか日影市の番長か？」

国場は切れた唇からにじむ血を腕でぬぐいながら、なおも余裕ありげな様子で言った。

「ふふっ、なるほど。どうりで、日影市のヤンキーたちは大人しいわけだよ。陰キャがまとめられるくらいの雑魚《ざこ》ばっかりなんだから」

あはははは、と高らかに笑う国場。

それに合わせて、ヤンキーたちも笑い出す。

秋良は、彼らに取り合わず、雫花を抱き上げると、廃工場の隅に移動した。

壁にもたれさせるようにして、雫花を座らせる。

「――すぐに終わらせます。そうしたら、一緒に帰りましょう」

「うん」

雫花は先ほどまでの恐怖が完全に消え去っているのを感じていた。

秋良くんが、来てくれた。

だから、もう大丈夫だ。

「見せつけてくれるねぇ。これだけの人数相手に、勝てると思っているわけ？」

国場が煽《あお》ってくる。

「やればわかる。来いよ」

秋良は軽く、手招きをした。

それが合図だった。

生き残っているヤンキーたちが、秋良に襲い掛かる。

ヤンキーたちの動きは、統率が取れていなかった。一人ずつ順番に、秋良に攻撃するような形になっている。

いや、常人が見たら、一斉に襲い掛かったように見えるのかもしれない。

だが雫花には、微妙なズレが認知できていた。つまり秋良にも見えているはずで……。

見事に一人ずつ、秋良はヤンキーを倒していった。

一人は鳩尾《みぞおち》にパンチを一撃。

一人は顔面に頭突き。

一人は回し蹴りを、もう一人は肘打ちを……。

ヤンキーたちが全滅するのに一分とかからなかった。

国場が唖然《あぜん》とした様子で、その様を見ている。

「あ、あははは、なんだ、けっこう、強いんだな？」

それでもまだ、秋良の強さを認めていないようだった。

「まあ、ヤンキーなんて素人《しろうと》格闘家、大したやつらじゃないしね。いいだろう。俺が直々に、相手をしてあげるよ」

「………」

秋良はじっと、国場を睨んだだけで、答えなかった。

国場はファイティングポーズを取った。

秋良は、自然体のまま。

しばらく、間合いを取ったまま、両者は動かない。

最初に動いたのは、国場だった。

ぐっと、距離を詰め、ジャブを顔めがけてお見舞いする。

秋良はかわさなかった。

こめかみに思いっきり、ジャブを受けた。

「速すぎて、よけられなかったか!?　これはどうだ!?」

ストレートが飛んでくる。

思いっきりボディに受ける秋良。

――どうしたの秋良くん!?

雫花は不安になる。

二発とも、いつもの秋良だったら食《く》らうようなパンチじゃない。本調子だったら、雫花にだって簡単にかわせるレベルだ。

たしかに国場は強いけれど、秋良のほうが圧倒的に強いはずだと、雫花は思っていた。

それなのに、どうしてよけないの？

その間にも、蹴りを、頭突きをと、さまざまな攻撃を、秋良は受け続けている。自分から反撃する様子はない。

まさか、ここに来るまでの間に何度も戦って、消耗しているとか？

それとも、昨日のＤＱＮとの戦いで、見えない場所に怪我《けが》しているとか？

心配になるけれど、雫花は動けない。体を動かす力すら、残っていない。

もどかしかった。

そのとき、秋良は雫花のほうをちらりと振り向いた。

——安心してください、大丈夫だから。

そんな風に、言っているように思えた。

「よそ見なんかしてんじゃねー‼」

国場の渾身《こんしん》と思われるパンチが、秋良に襲い掛かる。

「——いいんだよ」

バシッ！

乾いた音が、響く。

「な……」

国場は唖然としていた。

雫花のほうを向いたまま、秋良は国場のパンチを左手で受け止めていた。

ちょうど、グローブで球をキャッチするかのように、国場の拳を、左手で摑《つか》みとってい
る。

「いいんだよ。おまえのほうを見る必要なんて、ないんだから」

「な……お、おい、くそっ……‼」

国場は握られた拳を引き抜こうとやっきになっているが、秋良《あきら》が放さないせいで引き抜けない。

パッと放すと、国場は、急に自由になったせいでしりもちをついた。

「な、なんなんだよ。攻撃を受けたり、防いだり……何がしたいんだ」

うすうす、秋良の実力に気づき始めたらしい国場は、声を震わせていた。

「――今のは、罰だ。俺は、雫花先輩を守れなかった。傷つけてしまった。だから罰を受けるために、おまえの攻撃を受けた」

「はぁ？」

「それから、おまえの実力も測っておきたかった。一撃で倒してしまったら、どの程度の実力かわからないだろ？　おまえがどの程度の人間なのか知るために、おまえの攻撃をあえて受けた。雫花先輩を傷つけたやつが、どういう人間なのか知り、どういう罰が適切か、考えるために……」

「試したってのか。偉そうに」

「ああ。だけど無駄だったよ。弱すぎて話にならない。こんなんだったら、一撃で倒したって同じだった。だから――」

秋良は一気に距離を詰めた。

「ひっ」

「さっさとくたばれ、外道野郎‼」

国場の髪を両手で摑み、思いっきり引き下げると同時に、右ひざを突き上げた。

国場の顔面に、秋良の膝が突き刺さる。

「ぐ……は…………っ‼」

「おまえは弱い。自分の弱さを噛《か》みしめながら眠れ‼」

秋良は国場の腹を、思いっきり蹴り飛ばした。

ボールよろしく、国場の体は吹っ飛び、床を滑るようにして転がっていった。そして壁に激突して、止まった。

圧倒的な強さだった。

雫花は思った。

カッコいい。

大勢の敵を前にして臆せず、まっすぐ立ち向かい――

自分への罰と言って、痛みを受けることも恐れない――

力だけでなく、心の強さも兼ね備えた彼が、本当に輝いて見えて……。

やっぱりこの人は、私の白馬の王子様だ……！

秋良はすぐに、雫花へと駆け寄ってくる。

雫花を抱き上げた。

いわゆる、お姫様抱っこという状態。

秋良はそのまま、ぎゅっと、雫花を抱きしめた。

「雫花先輩、終わりました。もう、大丈夫です」

その抱擁に、雫花は感極まった。

私は、秋良くんのことが、秋良くんのことが……！

感情を抑えきれなくなり、思わず、口から、言葉が漏れ——

「秋良くん……」

「はい、雫花先輩」

「私……あなたが、好き」

雫花はぎゅっと、秋良に抱き着き——

そして意識を失った。

エピローグ

雫花は救急車で病院に運ばれた。

医師の診察を受け、少し怪我をしているくらいで体に異常はなし、と診断されたので、秋良はホッとした。薬も悪影響はなさそう、とのことだった。

「よかったです、本当に」

「ありがとね、秋良くん」

診察が終わるころには、雫花はだいぶ元気を取り戻していた。

病室で、秋良は雫花と一緒に、警察から事情聴取を受けた。美藍が警察に通報してくれたようだ。国場はすでに、警察に確保されているらしい。

「この子が、君を助けたって……？」

若い男性刑事は、秋良を見て、目を丸くしていた。

「とりあえず、いろいろな人たちの証言や、雫花さんが録《と》っておいた音声から、国場剛志の犯行だと立証できると思う」

そう、雫花は、あの状況下で、きちんとポケットのスマホで音声を録音していたのだ。

それを証拠として提出するために。

彼女のしたたかさに、秋良は舌を巻いた。さすがは天下のサイレント・ライオット。どれほど追い詰められていても、冷静な判断ができるのだ。

若い刑事は諸々《もろもろ》の手続きの説明をしたあと、「また連絡させてもらいます」と言って去っていった。

すぐに家に帰れるとのことだったので、病院を出ると……。

「会長！」

入り口に、美藍が来ていた。

美藍は雫花に駆け寄ると、

「無事なのか？　なんともないのか⁉」

「うん。大丈夫だった」

「良かったぁ」

その場に膝をついて、半泣きになった。

そんな美藍を見て、雫花も、目頭を熱くしているようだった。

バイクが入り口に横づけされており、繁《しげる》が立っていた。美藍を学校で拾って、ここまで連れてくるよう、秋良が頼んでおいたのだ。

黒ジャージはボロボロに汚れており、顔のいたるところに生傷が見えたが、元気そうだ。

「繁くん、ありがとうございました」

秋良が礼を言うと、繁は軽く手を振り、

「いえ。じゃ、俺はこれで」

と言って、バイクにまたがり、帰っていった。


翌日。

国場は学校には来なかった。すでに退学が決まったらしい。

拉致・傷害事件を起こして逮捕されているので、そのせいで退学になったのだと秋良は最初、思ったが、話によると、国場の側から、退学を申し出たという話だった。

秋良に完膚なきまでに叩《たた》き潰された彼に、日影高校に戻るだけの根性はなかったようである。

そういうわけで、戦いは幕を閉じた。

だが一つだけ、秋良には気になっていることがあった。

＊

昼休み――。

秋良は何となく、屋上に行った。昼食を食べるためだったが、昨日のことが頭を離れなくて、静かな場所に行きたくなったのだ。

教室では、クラスメイトたちが楽しそうにお昼を食べたりトランプをしたりしている。喧騒《けんそう》の中で、物を考える気分ではなかったのである。

相変わらずボッチなので、誰かと昼を食べるという選択肢はない。美藍は友達かもしれないけれど、彼女は基本的にクラスメイトと一緒にいるため、秋良の割って入る余地はない。

というわけで一人、屋上に向かっていた。

階段を上りながら、考える。

――昨日、雫花先輩、僕が好きって言ってたけど……。

あれはどういう意味だったんだろう。

もちろん恋愛的な意味での「好き」ならめちゃくちゃ嬉《うれ》しいけど、僕みたいな陰キャにそんなこと言うかなぁ？　というのが正直なところ。

悶々《もんもん》と考えながら、屋上に続くドアを開けて、外に出ると——。


風に揺られる艶《つや》やかな髪が、目に飛び込んできた。


雫花が、秋良に背を向け、屋上から学校を見下ろしていた。

その美しさに、しばし、秋良は目を奪われる。

ドアの音に気づいたのか、雫花は秋良のほうを振り向き、にっこりと笑った。

「秋良くん、こんにちは」

「雫花先輩。学校、来てたんですね。休むのかなって思ってました」

「意外と怪我《けが》は大したことなかったし、家にいても暇だから」

「どうして屋上に？」

「私が元気そうだったからかな、教室にいると国場くんの件で質問攻めに遭っちゃって
……。まったく、こっちは被害者なのに。みんなに心配かけたくないからいいんだけどさ、
お昼くらい、ゆっくり食べたいかなって。一緒に食べない？」

「ぜひ！」

二人はベンチに並んで座った。

「秋良《あきら》くんこそ、どうして屋上に？」

「え？　僕は……」

――昨日の言葉の意味を考えたくて来た、なんて言うのはちょっとなぁ。

秋良は悩んだ。

一方で、もしかしたら、今しか、あの言葉の意味を尋ねられないような気もした。

「あの。昨日のこと、なんですけど……」

意を決して、秋良は尋ねた。

「あ！　ホントにありがとう。危ないところを助けてもらっちゃって……。私の不注意もいけなかったから、気をつけないとって、思ったよ」

「いえ、それはぜんぜん大丈夫です。それで……その、雫花先輩が気を失う直前、僕に何か言いましたよね？」

「え？　ええ？　言ったかな……？」

雫花の目は泳いでいた。

これは覚えているな、と秋良は確信する。でも、とぼけているのは、なぜだろう？

訊《き》くのが怖い。

けど気になる。

「ほら、僕のことを、その……」

とはいえ、秋良も「僕のこと好きって言ってましたよね？」なんて言えない。イケメン陽キャだったらドヤ顔で、「俺のこと好きなんだろ、おまえ？」とか言えるかもしれないけど、こちとら生粋の陰キャである。無理だ。

「あー、えーっと、そだね、えーっと。私、秋良くんが、すき……」

「‼」

え⁉

雫花先輩、ホントに、僕のこと…………

「――――秋良くんが、隙を晒《さら》してるのを見て、ドキドキしちゃったよ！」

雫花は目をつぶって、叫ぶように言った。

「――――――――へ？」

秋良は呆《ほう》けた声を上げた。

「だ、だって、国場くんのよわよわパンチをめっちゃ受けてて、『どうしたんだろ、怪我してて本調子じゃない？』とかすごく不安だった！」

「あれは、自分への罰のつもりで……」

「秋良くんは悪くないんだから、殴られる必要なかったのに！　ワンパンで倒しちゃえばよかったじゃん！」

「最終的にはそうなっちゃいましたね」

あはは、と笑いながら、秋良は内心でめちゃめちゃ冷や汗をかいていた。

あ、あぶねぇ！　自意識過剰陰キャを晒すところだった……！

雫花先輩は、すごくよくしてくれてるし、嫌われてはないけど、恋愛的な意味では、違うよね、うん……！

ただ……。

「秋良くんは最強なんだから！　ビシッとカッコよく決めちゃっていいんだよ！」

ちょっと頬を膨らませながら、本気を出さなかったことをなじる雫花を見ながら、秋良は、大切な人を守れた喜びを噛《か》みしめていた。

――雫花先輩は、僕が絶対に守る。

その決意を新たにするのだった。

*

一方、雫花は、秋良をなじりながら内心で頭を抱えていた。

――何で、何で「好き」って言えなかったの⁉

うわあああん、私のばかあああああ‼

肝心なところで、ヒヨってしまった。

恥ずかしさに、勝てなかった。

昨日の自分のグッジョブを完全に破壊する結末。

「そういえば、雫花先輩。僕に何か話があるって言ってましたよね？」

「え⁉」

思い出す。

そうだ、昨日、秋良くんを話があるからって呼び出そうとして、用事があるって断られて……今日、その話をする約束だった！

しかもその約束は、愛の告白！

今まさに、否定したやつ！

私はバカだ、救いようのない大バカだ！

こんな否定の仕方をしたら、どういう流れで告白したらいいのかマジでわからない。

終わった……。

「えーっと、もうすぐ中間テストがあるけど、勉強、進んでる？」

日影高校は二期制を取っているので、中間テストが六月にある。

「まあぼちぼちな感じですねぇ。そろそろ本腰入れないと……」

「今度一緒に勉強会しない？　美藍さんも誘ってさ」

「え⁉　いいんですか⁉　ありがとうございます！」

雫花は咄嗟《とっさ》にでっち上げた。

我ながら、けっこういい作戦では⁉

一緒に勉強しながら仲良くなって、また行けそうなタイミングを見計らって、告白すればいいんじゃない？

――と自分を正当化し、今回の失敗をなかったことにする。

いつかは必ず告白して、白馬の王子様と結ばれるぞという決意を新たにしつつ、今日のところは一緒にお昼を食べられて嬉しい、と幸せな気持ちになる雫花であった。

――こうして最強な二人の最弱な恋愛は、続いていく。

おわり

雫花先輩って、お料理上手ですよね。卵焼きおいしそう…
もぐ
もぐ
一つあげよっか？
はっ！これは『あーん』するチャンス⁉
さっき大失敗したし、ここで挽回しなきゃ……！
はい、あーん
⁉
ガチャッ
会長！学校来てたんだ！もう大丈夫なのか⁉
ぱくっ
もしかして、お邪魔でした？
そんなことないよ
ううっ、もうちょっとだったのに……！
？
でも、こうやって一緒にいられるだけで幸せだし、まあ、いいかな…

あとがき

どうも、高橋《たかはし》びすいです。

ファンタジア文庫さんでは初登場です、よろしくお願いいたします。


白馬の王子様に憧れる女の子、可愛《かわい》いですよね。夢見がちなヒロイン、大好きです。

本作のヒロイン・雫花《しずか》も、その一人。でも、ちょっと変わっていて……。彼女が求める白馬の王子様は〝自分より強い男〟。理想の男を追い求めた結果、ヤンキー世界へ殴り込み、あれよあれよという間に天下を取って、〝サイレント・ライオット〟と呼ばれる最強の女番長になってしまった――今では足を洗って、生徒会長をやっている。

そんなハイスペックだけど少しズレた雫花と、ひょんなことから彼女の過去を知ってしまった陰キャの秋良《あきら》（実は彼女を超える最強のヤンキー）の二人が大活躍するお話です。

ラブあり、コメディあり、スカッと感ありの、ポジティブラブコメとなっております。

本作は、YouTubeチャンネル「漫画エンジェルネコオカ」で高橋が脚本を担当した作品を小説化したものです。

が、小説単体でも楽しめるように書かれているので、その点はご安心を。

また、小説にするにあたって、原作のエピソードを膨らませたり、新しいイベントを追加したりと、いろいろ工夫しているので、すでに原作動画をご覧になった方も楽しんでいただけると思います。

両方チェックしていただくと、それはそれは極上のエンタメ体験ができますので、何卒《なにとぞ》、よろしくお願いいたします（土下座）。

最後に謝辞を。

本作を担当してくださった編集のMさん、Sさん。原稿のディレクションに加え、漫画動画との連動や各種プロモーションがあるなど、通常のラノベ作品とは違う対応が必要だった本作。しっかり形になったのは、お二人のおかげです。大変お世話になりました、ありがとうございます。

小説版のイラストレーターのNagu さん。素晴らしいイラストをありがとうございます。漫画動画の良さを残しつつ、ラノベらしくアレンジされたキャラクターたち、非常に魅力的でした！

動画版のイラストレーターの水平線さん。いつも素晴らしい漫画をありがとうございます。本作が小説にまでなれたのは、水平線さんの漫画があったからです。1P漫画やリバーシブルカバー、応援イラストも素敵です！　新作動画でもまたよろしくお願いいたします。

漫画エンジェルネコオカの関係者の皆様。いつもお世話になっております。小説化にあたっても大変お世話になりました。今後ともよろしくお願いいたします。

その他、この本の制作にかかわってくださったすべての方々、ありがとうございます。

そして何より、この本を手に取ってくださったあなた。小説は、読まれることで作品として完成します。本当に本当に、ありがとうございます。

それでは、またお会いできるときを願いつつ――。

高橋びすい

「私より強い男と
結婚したいの」1巻
発売おめでとうございます
水平線

お便りはこちらまで

〒一〇二‐八一七七
ファンタジア文庫編集部気付
高橋びすい（様）宛
Ｎａｇｕ（様）宛

富士見ファンタジア文庫

私《わたし》より強《つよ》い男《おとこ》と結婚《けっこん》したいの

清楚《せいそ》な美人生徒会長《びじんせいとかいちょう》(実《じつ》は元番長《もとばんちょう》)の秘密《ひみつ》を知《し》る陰《いん》キャ（実《じつ》は彼女《かのじょ》を超《こ》える最強《さいきょう》のヤンキー）

令和4年3月20日　初版発行

著者——高橋《たかはし》びすい

発行者——青柳昌行

発　行——株式会社KADOKAWA
〒102-8177
東京都千代田区富士見2-13-3
0570-002-301（ナビダイヤル）

印刷所——株式会社暁印刷

製本所——本間製本株式会社

ISBN978-4-04-074437-7 C0193　◇◇◇

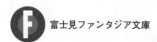

学校……じろじろ見ないで
【朗報】
俺の許嫁になった地味子、
家では可愛いしかない。
秘密の結婚生活《ラブコメ》！

「す、好きです!」「えっ? ススキです!?」。
陰キャ気味な高校生・加島龍斗は、
スクールカースト最上位&憧れの白河月愛に
罰ゲームきっかけで告白することになった。
予想外の「え、だって今わたしフリーだし」という理由で
付き合うことになった二人だが、
龍斗はイケメンサッカー部員に告白される
月愛の後をつけて盗み聞きしてみたり、
月愛は付き合ったばかりの龍斗を
当たり前のように自室に連れ込んでみたり。
付き合う友達も遊びも、何もかも違う2人だが、
日々そのギャップに驚き、受け入れ合い、
そして心を通わせ始める。
読むときっとステキな気分になれるラブストーリー、
大好評でシリーズ展開中!

ありふれた毎日も
全てが愛おしい。

済みなキミと、
ゼロなオレが、
き合いする話。

ファンタジア文庫
何気ない一言も
キミが一緒だと
経験
経験
お付
著／長岡マキ子
イラスト／magako

雨音恵
ILLUST
kakao
「一葉《ひとつば》さん、早く着替えないと遅刻するよ？」

「勇也《ゆうや》君が着替えさせてくれます？」

「はい!?何言ってるの!?」

「ぬーがーしーてー」

「わかった……ハミガキ終わったら脱ごうか」

「え!? え、いや、やっぱり…その…」

「ほら早く！」

「……勇也君!?」

#同棲 #一緒にハミガキ #カップル通り越して夫婦 #糖度300%

I'm gonna live with you not because my parents left me their debt but because I like you

切り拓け！キミだけの王道
ファンタジア大賞
原稿募集中！
賞金
《大賞》300万円
《金賞》50万円
《銀賞》30万円
選考委員
細音啓 「キミと僕の最後の戦場、あるいは世界が始まる聖戦」
橘公司 「デート・ア・ライブ」
羊太郎 「ロクでなし魔術講師と禁忌教典《アカシックレコード》」
ファンタジア文庫編集長
前期締切 8月末日
後期締切 2月末日
公式サイトはこちら！ https://www.fantasiataisho.com/
イラスト／つなこ、猫鍋蒼、三嶋くろね